冬天的礼物

〔日本〕岛崎藤村 等／著

蒋渝 等／译　木子玥／绘

GUANGXI NORMAL UNIVERSITY PRESS
广西师范大学出版社
·桂林·

冬天的礼物
Dongtian De Liwu

出 品 人：柳　漾
编辑总监：周　英
项目主管：冒海燕
责任编辑：陈子锋
助理编辑：韦　莹
装帧设计：林格伦文化
封面设计：李　坤　潘丽芬
责任技编：李春林

图书在版编目（CIP）数据

冬天的礼物 ／（日）岛崎藤村等著；蒋渝等译；木
子玥绘. --桂林：广西师范大学出版社，2017.9
（2019.3 重印）
（魔法象. 故事森林. 世界大作家寄小读者丛书）
ISBN 978-7-5495-9825-0

Ⅰ . ①冬… Ⅱ . ①岛…②蒋…③木… Ⅲ . ①童话 –
作品集 – 世界 Ⅳ . ①I18

中国版本图书馆 CIP 数据核字（2017）第 127984 号

广西师范大学出版社出版发行
（广西桂林市五里店路 9 号　邮政编码：541004）
网址：http://www.bbtpress.com
出版人：张艺兵
全国新华书店经销
河北远涛彩色印刷有限公司印刷
（河北省石家庄市栾城区冶河村　邮政编码：050000）
开本：880 mm × 1 240 mm　1/32
印张：6　　　字数：88 千字
2017 年 9 月第 1 版　　2019 年 3 月第 2 次印刷
定价：21. 80 元
如发现印装质量问题，影响阅读，请与出版社发行部门联系调换。

前言

　　曾经有许多人这样设想过：假如有一天，你将独自一人驾驶着一艘小舟绕地球旅行，或者你将独自一人前往一座孤岛，在那里生活一年甚至更久的时间，而你只能（或者说只允许你）选择一样东西带在身边，供自己娱乐，那么，你将选择什么呢？

　　是一块大蛋糕、一盒扑克牌、一只小松鼠、一幅美丽的图画，还是一本书、一个八音盒、一把口琴，或一只装满了纸的画箱？

　　每个人都可以自由地做出自己的选择。然而大多数人表示，更愿意选择一本书。蛋糕一吃就没了；扑克牌和松鼠不久就会变得乏味；围绕在孤岛四周的大海上的景色，胜过你带去的最美丽的图画；八音盒和口琴只能唤起你更大的孤独感；画箱里的纸装得再多也会用完……而唯有一本书——一本你所喜爱的书，才仿佛是一位永远亲切而有趣的旅伴。

　　它将伴随你，给你无穷无尽的想象和欢乐，使你百读不厌、常读常新，不断地感知和发现新的真理；它将帮助你战胜寂寞和孤独，像黑夜里的明灯、星光和小小的萤火虫，为你照亮夜行的小路，指引你、帮助你去认识世上的善恶和美丑。

是的，什么也不能像书那样帮助我们，用生活、用心灵去感知和认识未知的事物。英国著名女作家尤安·艾肯在 1974 年为国际儿童图书节所写的献辞里讲到，如果有一天，她真的独自漂流在茫茫的大海上，身边只有一本书为伴，那么，"我愿意坐在自己的船里，一遍又一遍地读那本书"。她说："首先，我会思考，想想故事里的人为何如此作为。然后，我可能会想，作家为什么要写那个故事。接下来，我会在脑子里继续这个故事，回过头来回味我最欣赏的一些片段，并问问自己为什么喜欢它们。我还会再读另一部分，试图从中找到我以前忽视了的东西。做完这些，我还会把从书中学到的东西列个单子。最后，我会想象那个作者是什么样的，全凭他写书的方式去判断他……这真像与另一个人同船而行。"女作家相信，在这种情况下，一本书就是一位好朋友，是一处你随时乐意去就去的熟地方。而且从某种意义上说，它是只属于自己的东西，因为世上没有两个人用同一种方式去读同一本书。

另一位国际安徒生奖获得者、苏联著名儿童文学家和教育家谢尔盖·米哈尔科夫，写过一本关于儿童成长与素质教育问题的散文名著《一切从童年开始》。他在这本书的开篇就指出：书是孩子们生活中最好的伴侣。他说，无论孩子们的家庭生活和学校生活多么有趣，可是如果不去阅读一些美好、有趣和珍贵的书，也就像被夺去了童年最可贵的财富一样，其损失将是不可弥补的。很难设想一个没有阅读、没有好书的记忆的童年会是什么样子。他告诉所有的家长、老师和为孩子们工作的人："一本适时的好书能够决定一个人的命运，或者成为他的指路明星，确定他终生的理想。"这本书中还有一章《生活中的伴侣：书》，专门谈论书与阅读对一个孩子的成长的重要性和影响力。他谈到，有些书，一个人如果不在童年时读到它们，不曾在童年时代为它们动过真情、流过眼泪，那么这个人的本性和他整个的精神成长，就可能有所欠缺，甚至"将是愚昧和不文明的"。他举了自己在八岁时所记住的诗人涅克拉索夫的几行诗为例，它们出自《涅克拉索夫选集》："在我们这块低洼的沼泽地方，要不是总有人用网去捕，用绳索去套，各种野兽会比现在多五倍，兔子当然也一样，真让人心伤。"他说，过去了许多年——超过了半个世纪之后，这些诗句仍然没有失去当年迷人的魅力，它们仍然在不断地唤醒他的良知和爱心，像童年时一样。他小时候还读过一本文字优美的诗体小说《马扎依爷爷》，当他自己也成了一名作家后，他仍然要特地去看看当年马扎依爷爷搭救可怜的小兔子的地方。他举这些小例子只为了说明，一个人，只有从小热爱、珍惜和尊重自己祖国和世界最优秀的文学遗产——那些读也读不尽的好书——你的精神世界才会变得丰富、健全、美好和高尚。

本套丛书精选了适合少年儿童读者阅读和欣赏的作品。这些作品，或许可以视为一代代文学大师与幼小者们的心灵对话，是一棵棵参天大树对身边和脚下小花小草们的关注与祝福，是属于全人类的文学遗产中珍贵和美丽的一部分。从这些文学大师的形形色色的童年生活细节和独特的成长感受里，我们的小读者不仅可以获得启示，也可以得到文学的享受、美的熏陶。

　　自然，世界上的书是各种各样的，这是因为我们这个世界本身是丰富多彩的。欢乐的、悲哀的，真实的、魔幻的，崇高的、卑微的，美好的、丑恶的，等等，整个活生生的世界，都可能进入一本书中。也许正因为如此，我们才更加觉得书的神奇与伟大。我们从不同的书中，既可以看到我们所赖以生存的这个真实的世界，以及我们周围的真实的人、所发生的真实的事件，又可以看到那些来自于写书人头脑的虚构和幻想中的世界、人物和故事，如巨人和小矮人、恶毒的巫婆、善良的精灵、神秘的外星人、聪慧的魔法师、美丽的海妖、可怕的吸血鬼，等等。

　　美国女诗人艾米莉·狄金森写过这样几行诗："没有任何大船，能像书本一样，载着我们远航；没有任何骏马，能像一页页奔腾的诗行，把我们带向远方。"是的，一本书可以超越最久远的时间和最辽阔的空间，让我们在任何时候和任何地方，都能够反复看到最古老的过去或最遥远的未来。书，帮助我们每一个人成长：从懵懂的小孩长成有美好的情感、有丰富的想象力、有智慧、有思想、有发明和创造力的巨人。我们期待，你现在所阅读的，就是这样一本对你的成长有所帮助的好书。

目录

戒指和鱼儿

〔英国〕詹姆斯·利威思　赫尔敏·欧兰　整理

1

　　在英格兰北部的约克夏省，有一位富有的公爵。他住在一座豪华的城堡里，经常请有钱的朋友们到他这里来做客。白天，他不是到外面去打猎，就是在自己辽阔的领地里骑马游逛。到了夜深人静的时候，他便开始研究稀奇古怪的书籍。他自称是一位魔法师，许多年来，他每天晚上都一个人坐在灯下，一连几个小时埋头翻阅大捆的魔法书，苦心琢磨着各种占卜符号，借此来推算世界上将要发生的事情。

　　公爵身边只有一个五岁的儿子，公爵把他当作心肝宝贝，无微不至地照顾着，因为他是公爵夫人死后公爵身边唯一的亲人。当然，公爵时刻不忘给儿子幸福，想让儿子在将来能有出息。他期待儿子长大后和一位有钱的小姐结婚，最好是娶一位美丽的公主。那样，儿子就能住在富丽堂皇的宫殿里，独自统治一个繁荣的王国。因此，公爵打定主意，要靠自己万能的魔法，找出那个未来会和儿子结婚的姑娘。

一天夜里，公爵又钻进书堆，研究起这个问题来。当东方微微发白的时候，他终于找到了答案，却不禁觉得天旋地转，如同掉进了绝望与悲哀的深渊。原来，他推算的结果显示：他的儿子不但不会和一个高贵的公主结婚，反而会娶一个低贱的穷人家的姑娘为妻，她的家就在约克城大教堂附近。

公爵不甘心，耐着性子又重新推算了一遍，希望发现一些魔法上的漏洞。可是，结果还是一样，公爵这才停下手来。

他灰心丧气地躺在床上，想着自己多年的心愿，翻来覆去怎么也睡不着觉。等到天一亮，他饭也没吃，就急急忙忙下楼。这时，人们都还没有起床，四处静悄悄的。他出了门，骑上马，独自一人向约克城奔去。

来到约克城大教堂后，公爵看见一位穿着破衣裳的穷老汉，正坐在不远处一间破土屋前呆呆地发愁，看上去十分可怜。他好奇地走了过去，问老汉是不是有什么为难的事情。

老汉站起身来，忧心忡忡地对公爵说："唉，不瞒您说，我已经有五个孩子了。可前两天，老伴又生了个女孩，这可把我愁死了，我到哪儿弄钱来养活这帮小崽子呢？唉，为了填饱肚子，我连最后一把力气都使出来啦！"

"噢——"公爵听了心中一惊，暗想，"这不正是将来要和我儿子结婚的那个女孩吗？不！无论如何，不能让我的儿子跟这样的穷光蛋的女儿成亲。哼！瞧他们住的这间破窝棚吧。"

公爵一边想，一边假装露出善意的微笑说："老人家，让我来帮您个忙吧，您把这个孩子托付给我，我把她带回家去，一定把她抚养成人，您就尽管放心吧！"

老汉听了，忙走进屋去和老伴商量。老两口抱起自己的亲骨肉，心像刀割一样难受。但仔细一想，把女儿送出去，也许能保住女儿一条命，这个机会总不该错过。就这样，夫妻俩流着辛酸的眼泪，把女儿交给了公爵。公爵把婴儿接到手里，骑上马，一溜烟儿跑出了约克城。

经过荒无人烟的山峦和原野，公爵骑马来到了一座深山峡谷。他在峡谷深处的一条小河旁勒住缰绳，满脸怒气地跳下马，把婴儿抱到河边，恶狠狠地扔进了河里。

"这回好了，该死的东西！命运再也不会把你嫁给我的儿子了。今后，他一定会娶一个比你强得多的姑娘！"公爵看着婴儿被水冲走，这才松了口气。他嘴里嘀咕着，重新骑上马，像什么都没发生一样地跑回了自己的城堡。

然而，被公爵扔进河里的婴儿并没被淹死。她刚被水冲走，包着她的那条又大又厚的披肩便在水面铺展开来。小女孩躺在披肩上顺流漂去，一点儿没沾着冰冷的河水，像在家时一样甜蜜地睡着了。

这时，在这条小河的下游，有个老渔人正在钓鱼。他的家就在离河岸不远的一座山脚下。他在河边守了一上午，一条鱼也没钓到，只好失望地收起鱼竿，准备回家。忽然，他发现一个婴儿从上游漂了过来，便停住了脚步。

"啊，我打了一辈子鱼，还没见过这种鱼呢！快过来，我的小家伙，你怎么跑到这里来啦？让我看看这是怎么回事。"

老渔人惊奇地伸出鱼竿，把漂过来的婴儿拨到面前，轻轻地抱起来。他又脱下被水泡湿的披肩，用自己的干披肩把婴儿包好。然后一溜小跑朝家赶去，生怕婴儿着了凉。

从那以后，在慈祥的老渔人和他老伴的精心养育下，小女孩儿长成了一个健壮的小姑娘。老两口给她起了个名字，叫玛格丽特，把她当作自己的亲生女儿一样看待。一晃几年过去了，玛格丽特已经长成一个活泼快乐的少女，尤其是她那妩媚动人的容貌，使她像天上的仙女一样，让人看着打心眼里喜爱。要是谈起她和老渔人一家的生活，有很多美好的故事呢。可是，我们还是说说她后来的一段不平凡的经历吧。

2

转眼之间，十六年的光阴匆匆流去。公爵的独生子已经长成了一个二十一岁的漂亮小伙子。他像一只鸟儿一样，从来不愿意待在家里。没事的时候，他常跑到乡下去漫游，或者到他叔叔居住的斯卡波洛弗城去玩上几天。公爵仍然时常思虑儿子的婚事，不过，他已经不再担心自己的儿子会和一个穷姑娘结婚了。现在，他对魔法的兴趣越来越浓，读的魔法书一天比一天多起来。至于儿子的生活，他却很少放在心上了。

有一天，公爵同一些贵族出去游玩，半路上迷了路。到了黄昏的时候，他们又饿又渴，想找个地方歇歇再走。于是，他们一齐来到一间草房前。正巧，这儿便是老渔人的家。这会儿，玛格丽特正坐在门前择菜，准备做晚饭。

众人来到姑娘面前，请她给点儿水和吃的东西。玛格丽特爽快地站起身来，在围裙上擦了擦手，很快便从屋里端来了泉水和刚烤熟的面包。这时，老渔人夫妇闻声走出屋来。他们陪着客人，一边吃着可口的食物，一边愉快地攀谈起来。

"真是个极其美丽的姑娘啊！"公爵的一位朋友望着玛格丽特，赞叹地说。

"要是能知道这样美丽的姑娘将来会嫁给谁，那该多有意思啊！你已经订婚了吗？"另一个人兴致勃勃地问道。

"不，还没有，先生。"玛格丽特有些羞怯地答道，"我需要在家里照料我的爸爸妈妈，还没想过成亲的事呢。再说，我们家很穷，谁愿意和我这样的穷人家姑娘订婚呢？所以……"

"真的吗？"那人有点儿不平地说，"要是我有儿子的话，他能找你这样美丽善良的姑娘做媳妇，我就心满意足啦！"

另一个人向公爵问道："公爵，您是一位学识渊博的学者，能未卜先知，那您说说这位可爱的姑娘将来会嫁给谁呢？"

公爵听了，猛然想起了什么事情，心情变得沉重起来。他推托说："我可不是到处算命的吉卜赛人，这种事情您最好还是别问我。"

大家见公爵不肯回答，便想了个办法。大家异口同声地说："公爵的魔法是假的，根本不管用，全是一些骗人的鬼话。公爵虽然看了不少书，可是一点儿也不比别人知道的事情多。"听到这些，公爵终于忍不住了。他决定推算一下玛格丽特的亲事，显示一下自己的才能。于是，他向老渔人问起了姑娘的生辰，这是他推算的依据。

老渔人的老伴插嘴道："说实话，这孩子不是我们的亲闺女，她是我们在十六年前捡来的孩子。"

"是啊，"老渔人回忆说，"是我把她从附近的小河里捡回来的。"

"真的吗？是哪条河？"公爵吓得倒吸了一口凉气，急忙问道。他说话的声音都变了。

老渔人也不隐瞒，把事情的经过和那条小河的名字全都告诉了公爵。

"你还记得那时她多大吗？"

"啊！那时候啊，她才生下来没几天呢！"渔人的老伴答道。

公爵听了老两口的话，心里全明白了：玛格丽特正是命中注定要和自己的儿子结成夫妻的那个姑娘。也正是这个姑娘，在十六年前几乎被自己害死。可是现在她仍然平安地活在世上，而且已经长成了一个鲜花般美丽的少女。这可真是出人意料的事情。

这时，渔人的老伴走进屋里，从屋里拿出一条灰色的披肩，递给公爵说："您瞧，我老伴发现这孩子的时候，她正被包在这条披肩里。我说不清小玛格丽特是从哪里漂来的，可是从这条披肩来看，我敢断定，她一定是在约克城出生的，因为那儿的母亲们常常用这种自己织成的披肩来包她们的孩子。这事我很清楚，因为我的姐姐从前就住在那里。"

公爵听了，默默地掏出纸笔，在身边的一张长凳上坐下来，写了一封短信，封好后交给了玛格丽特，嘱咐她说："孩子，你不知道我有多么喜欢你。我要帮你摆脱贫穷，过上幸福的生活。记住，你到斯卡波洛弗城去，把这封信交给我的弟弟，他会好好地照顾你的。另外，这是你路上需用的钱。愿上帝保佑你。祝你一路顺风，并且早日得到巨大的财富，然后回到父母身边。"

玛格丽特和老渔人夫妇对公爵的恩惠感到十分惊讶，他们不知说什么才好，只能连连道谢。公爵也不再逗留，问明了路，带领众人很快离去了。

第二天，玛格丽特辞别了父母，带着公爵的书信上路了。她走过一片片田野，蹚过一条条小溪，不停地赶路。可是当夜幕降临时，她离斯卡波洛弗还有很远的路程，于是，她打算找个地方住下，明天再走。她来到一个村子，在一所舒适的小客栈里住了下来。吃过了晚饭，因为赶了一天的路，又困又乏，她早早就上床睡着了。

就在这所小客栈里，住着两个小偷，他俩准备在这天夜里偷窃到这儿住宿的有钱人。可是直到半夜，他们也没等到值得下手的旅客，只好在玛格丽特睡着以后，偷偷溜进她的房间。他们翻遍了姑娘带来的东西，很快发现了公爵写的书信。他俩把信拿回自己的房间，拆开了信封。他们借着蜡烛的光亮，看见信上写着：

亲爱的弟弟：

　　把送信的姑娘抓住，并且想办法立刻杀死她。否则的话，她会给我们的家族带来极大的危害。

你的哥哥　约翰

两个小偷看完了信，既同情这个不幸的姑娘，又痛恨这种丑恶的阴谋，他们低声骂道："原来是约翰公爵干的，真是个笑里藏刀的家伙。连这样一个无辜的少女都不放过。"

他俩合计了一番，取出墨水和纸笔，重新写了一封信，字迹和原信上的一模一样。然后他们把信封好，溜回玛格丽特的房间把信放进了玛格丽特的衣兜。玛格丽特睡得正香，这些事情，她做梦也不会想到。

第二天早晨，玛格丽特付清了店钱，早早上路了。快到中午的时候，她到达了斯卡波洛弗，并很快找到了公爵弟弟的住处。

碰巧公爵的儿子这时正住在这里，他从窗口看到一位年轻貌美的姑娘走进庭院，忙走出来问她有什么事情。当他听玛格丽特讲完了事情的经过，便高兴地把她领到了叔叔面前。玛格丽特把信交给了公爵的弟弟，他打开信一看，只见上面写着：

亲爱的弟弟：

　　把这位送信的姑娘留在家里，让她立即和我的儿子结婚，她是一位贤惠的姑娘，你一定要爱护她。

你的哥哥　约翰

"噢，是这样。"公爵的弟弟对这突如其来的事情感到十分惊讶，但是他很了解他的哥哥，知道他是一个古怪的人，又是一个自以为是的魔法师，推算出来的事情往往都会应验，因此，对他总有几分畏惧。他也看出侄子对这个美丽的姑娘一见钟情。便遵照信上的吩咐，立即为这对年轻人准备婚礼。

连续几天，玛格丽特和公爵的儿子形影不离，两人非常快活。他们经常到城外的密林里和海滨游玩散步，互相倾诉心中的情意，想象未来美好的生活。

就在这个时候，公爵在自己的城堡里接到了一封弟弟的来信。他胸有成竹地拆开了信，看完不禁大吃一惊。信上明明白白地写着，他的弟弟已经照他的吩咐做了，并且已经准备好了，让这一对幸福的人立即成亲。

公爵被这个意外的误会吓得脸色苍白。他跑到庭院，飞身上马，朝斯卡波洛弗发疯似的狂奔。

进到弟弟家的庭院里，公爵看到的是一派大办婚事的热闹景象，来来往往的仆人们正在准备丰盛的宴席。他们把杀好的猪羊抬进了厨房，又把一桶一桶的陈年老酒从院子滚到大厅里。乐队演奏着欢快的乐曲，歌声从大厅的窗口飘出来，在空中飘荡。公爵气得火冒三丈。他跳下马，把缰绳甩给一个仆人，大踏步地闯进了大厅。

"那个要和我儿子结婚的姑娘在哪里？"他吼道。

没等众人回答，他已经发现了身穿鲜艳的结婚礼服的玛格丽特。他压着心中的怒火，告诉弟弟，他要在婚礼开始之前，同玛格丽特单独说几句话。说完，他带着玛格丽特出了庭院，穿过城中寂静的街道，向城外的一座山崖走去。

公爵决意毁掉这对年轻人的美满姻缘。可是纯洁的玛格丽特还蒙在鼓里。直到她发现自己被带到了悬崖绝壁边上，这才看出了公爵的诡计。

她乞求公爵说："先生，您还是放我走吧！我再也不会看您的儿子一眼，我会永远离开您的领地，永远不再回来。先生，我生来从没伤害过别人，因此，请您也不要伤害我。"

姑娘的话语充满了痛苦和悲伤，公爵听罢，心里有些怜悯。他决定这一次先放过这个可怜的姑娘。无意之中，他看见姑娘手上戴的戒指，立刻记起这枚戒指正是自己交给儿子的。"一定是儿子送给她的。"公爵想。他一步跨到姑娘面前，伸手把戒指从姑娘的手指上摘了下来，朝着悬崖下面的大海狠命抛出去。戒指在被夕阳染红的天空中闪了一下，落到海里去了。

"姑娘，"公爵转过身来，恶狠狠地说，"我可以放你回去，可是，你和我儿子的婚事从此一笔勾销。记住，我要是再看见你，可决不会再这样轻易地放过你。"公爵顿了一下，接着说道："那枚给了大海的戒指不是象征着你们的爱情吗？好吧，咱们说定了，要是你能把刚才扔进大海的戒指重新放在我的眼前，我就让你和我的儿子成亲，而且我会祝福你们。否则，你休想再和他团聚。"

说完，公爵一阵狂笑，下山去了。玛格丽特孤独地站在悬崖边，望着茫茫无际的大海，伤心地哭了。

公爵回到弟弟家里，向所有的人宣布："婚礼取消了，新娘已经回自己家去了，谁也别想再看见她的踪影。"任凭弟弟和儿子再三追问，他就是不肯讲出事情的真相。大家也都知道公爵是个行动诡秘，什么事都干得出来的人。他要是打定了主意，十头老牛也拉不回来，因此，也只好罢休。

3

逃出虎口的玛格丽特觉得没有脸面再回家乡，便在远离公爵领地的地方，给一个有钱的贵族当了厨师。由于这个贵族老爷经常大摆宴席，款待他的亲朋好友，所以，玛格丽特在厨房里总是忙个不停。她从小就学会了做各种可口的饭菜，她做的鱼更是没人能比，因此主人对她十分满意。虽然她常常为自己失去的爱情忧心忡忡，但紧张的劳动和无拘无束的生活，又慢慢使她恢复了往日的活泼和欢乐。

一天傍晚，她正在厨房里拾掇刚打来的海鱼，忽然看见公爵和他的儿子带领一伙贵族，骑着马前呼后拥地来到了庭院。原来，主人的宴席正是准备招待这些人的。

客人们在主人的陪同下，围坐在餐桌旁。他们一边吃着端上来的山珍海味，一边兴高采烈地谈笑。玛格丽特望见了自己日夜想念的人，心中暗想："一定要做一条味道最美的鱼给他尝尝。"于是，她挑出一条最肥的大鱼，细心地洗起来。当她用刀剖开鱼肚子的时候，突然

看见里面有个闪着金光的小东西。她连忙把它从鱼肚子里取出来，用水洗干净，这才看清了，原来是一枚戒指。"天哪！这不正是他送给我的那枚戒指吗？"姑娘低声叫了起来，抬头望了望坐在大厅里的公爵的儿子。她把戒指举到眼前，心情异常激动。就是它，曾经被公爵无情地夺去，扔进了大海，险些同自己的爱情一道永远淹没在滚滚的波涛里。玛格丽特想着自己苦难的经历和公爵说过的话，又怒又喜。她拿出最高超的手艺，做好了挑中的大鱼，这才把戒指小心翼翼地戴在手指上。

在大厅里，做客的贵族们正兴致勃勃地品尝着各种名菜佳肴。公爵近来已经下了决心，要给儿子娶一个雍容华贵的小姐做妻子，已经不再担心儿子的婚事会再出差错。因此，他的心情十分轻松，正愉快地向人们讲着各种幽默有趣的故事。可是，他的儿子却一直怀念着失去的姑娘，一天到晚闷闷不乐。虽然他知道自己的婚事一定要服从父亲的安排，可他还是常常痛苦地回忆起玛格丽特那美丽的身影。

这时，在肉山酒海的宴席上，有一条格外好吃的大鱼，赢得了客人们异口同声的称赞。那是一条用最好的手艺，加了最好的佐料做成的鱼。所有的人都承认，从来没吃过这样色、香、味俱全的鱼。

公爵站起来，请求主人，说他要见见这位出色的厨师，把自己的赞美亲自献给这位厨艺超群的厨师。

主人一口答应，他走进厨房，把面带羞涩的玛格丽特领到了大厅。玛格丽特充满信心，不露声色，公爵一时竟没有认出她来。过了一会儿，客人们停住了谈笑，静静地打量着眼前的厨师，当他们发现这样一个谦逊美丽的姑娘，竟穿着一件佣人穿的破围裙，而且还做出了这样鲜美的菜肴时，都惊呆了，纷纷赞叹不已。看到这个情景，公爵才注意到眼前的厨师不是别人，正是两次被自己逼到死亡边缘的玛格丽特。他的愤怒被巨大的惊讶压倒了，在人们的赞美声中，他那些责备的话语再也说不出口了，不得不夸奖她说："小厨师，你的手艺真是天下少有啊，如果我的魔法会做菜，恐怕也做得不如你呢。"

玛格丽特很有礼貌地给公爵行个礼，感谢他的夸奖。公爵还礼的时候才发现，在姑娘的手指上戴着一枚他曾经戴过的戒指。

"我很高兴见到您，先生，"玛格丽特鼓起勇气对公爵说，"我这里有一件您的东西，正要还给您。"

　　说着，她摘下手上的戒指，递给了公爵。公爵不用细看，便认出了这枚戒指。他明白，自己若要再破坏姑娘的爱情，结果只会再次失败。他在悬崖边上说过的约定，还记忆犹新呢！

　　"你把属于我的东西还给了我，"公爵面带愧疚的神色，诚恳地对姑娘说，"如果你愿意的话，我也要把那些真正属于你的东西全都还给你。"

　　正在这时，宴会的主人微笑着走到公爵面前，说："公爵，看来您很喜欢这位小厨师，是不是想用魔法把她带到您的厨房里去呀？"

　　"不，她不是厨师，"公爵并没有笑，他出乎众人意料地说，"真的，她不是厨师，而是我儿子未来的妻子。看来，命运把她和我的儿子连在了一起，再有本领的人，也不能使他们分开。"

　　说完，他把自己的儿子叫到面前，让他和玛格丽特重逢了。两个年轻人深情地互相望着，准备好的话语全化成了激动的热泪。在客人们惊奇的议论声中，他们想起了那些永远过去了的不平凡的遭遇。

就在这次难忘的宴会上，在众人的祝贺声中，这对幸福的情侣订下了婚约。在不久以后的一个晴朗的日子里，他们在公爵的城堡里，举行了庄严而隆重的婚礼。从那以后，公爵像变了个人，他不光感激玛格丽特的亲生父母和老渔人夫妇养育了一个好姑娘，而且逢人便夸奖自己的儿媳说："我敢说，这样美丽善良的姑娘，就是走遍天涯海角，也找不到第二个。"

（赵沛林　刘希彦／译）

詹姆斯·利威恩，赫尔敦·欧兰，英国民间文学作家，致力于把广泛流传在英国民间的童话故事搜集起来，整理成书，使这些故事在英国乃至世界传播开来。其中最有影响的篇目是《月亮湖》《杰克与豆茎》《罗宾的故事》《戒指和鱼儿》《卢赛狐狸》《魔术师的故事》《荣丽·薇波尔》等。

卢赛狐狸

〔英国〕詹姆斯·利威思　赫尔敏·欧兰　整理

卢赛是一只火红色的大狐狸,独自生活在森林深处。一天,他来到离家很远的一个地方,看见两只小鸟在无忧无虑地散步。他知道,那只身穿彩色羽衣,浑身散发着美丽光彩的小鸟名叫卡佳,在一旁陪伴着他的,是他的妻子海妮。

"瞧他们长得多美! 真是森林里的宝贝。不用问,他们准会合我的口味,可惜的是今天这里耳目太多,大庭广众之下实在难以下口,不然……看来,我得施展个小小的计谋……"

卢赛一边想着心事,一边走上前去向卡佳和海妮问候:"看见你们我真高兴! 我一直想和你们这一对美丽和谐的夫妇坐下来叙谈,只恨没有机会。"他扭动着身子,热情地说:"你瞧,我现在亲自来邀请你们,在最近两天之内，到我的家里去做客，喏，就在离这不远的那片森林里。你们将一同品尝我为你们准备的美食，还将举行欢乐的郊游。哈哈！你们想想吧，那是多么快活的事呀！"

卡佳和海妮非常感动。"谢谢！谢谢！"他们说，"您的邀请真使我们感到非常荣幸，我们接受您的美意，不久就会前往。"

卡佳和海妮回到家里，立刻开始做旅行的准备。

"我们在这里确实住得太久了，现在我们终于有机会出去走走，一定要玩个痛快。"卡佳一边收拾东西，一边对海妮说，"先欣赏路上的风光，再到卢赛先生家中。在他的陪伴下，我们可以到许多美丽的地方游玩。"

"是啊，我们这次出行真是太棒了！"海妮答道。卡佳想做的事，她总是满心赞成的。

卡佳和海妮为了早日赶到卢赛狐狸家里，同时又为了显示出自己的尊贵，特地准备了一辆双轮小车。那小车红盖白厢，绣花的车裙。他们用精巧的手艺把小车装饰得无比漂亮。四只健壮的小田鼠已经准备好为他们拉车，像每次上路时一样，他们每人身上背着一个小行囊。

卡佳跳进车里，又把海妮拉进车厢，然后吩咐四只小田鼠：

小田鼠啊抖起缰，

车儿飞奔向远方。

快乐的旅行快乐的歌，

一路欢笑离家乡。

四只小田鼠在歌声中一齐猫下腰，拉起车，快步向卢赛狐狸家奔去。载着卡佳和海妮的小车，咕隆咕隆作响，在路上疾驰。

没走多远，他们看见猫大姐沿着大路迎面走来。猫大姐问众人："伙伴们，你们这是到哪儿去？"

"我们到卢赛先生那里去做客。"卡佳乐滋滋地答道。

"打扰你们了，"猫大姐同他们商量说，"能允许我和你们一道去吗？我多么渴望坐上这美丽的双轮车跑上一会儿啊！"

"您肯乘我们的车，我们大家都感到荣幸呢！"卡佳说，"请上车吧！"

猫大姐上了车，卡佳又向田鼠们唱道：

小田鼠啊抖起缰，

车儿飞奔向远方。

快乐的旅行快乐的歌，

一路欢笑离家乡。

他们走着走着，又遇到了鸭弟弟、针妹妹和石头大哥。他们不约而同地问卡佳和海妮："喂！你们到哪

儿去？"

卡佳和善地告诉他们："我们去拜望那位好客的卢赛先生。"鸭弟弟、针妹妹和石头大哥一同请求说："让我们跟你们一道乘车去，好吗？你们的车让人羡慕极了。"

卡佳爽快地答应了，双轮车便载上了新伙伴一道向前奔去。

来到森林深处，卡佳和海妮按照卢赛指点的方向，很快找到了卢赛的家。他俩乐颠颠地跑到大门前，拉响了门铃。

这时，鸭弟弟、猫大姐、针妹妹和石头大哥却走到一边说话去了。他们显得很忧虑，鸭弟弟首先说道："嘎！嘎！我觉得我们不该冒冒失失地来到卢赛狐狸的家，妈妈说过，他不是一个好人。"

这时，卡佳从卢赛家门前慢腾腾地走回来，对他的伙伴们说道："卢赛先生不在家，一定是出门了，我们一道等他一会儿吧！"

他的伙伴们面面相觑，不知如何是好。最后还是猫大姐对卡佳说："卡佳，我们非常感谢你让我们乘你的小车远游到此，我们也非常愿意帮助你。现在，我们很为你和海妮担忧，我们一致认为，如果卢赛果真是一只狐狸，那他就绝不是你真正的朋友。"

鸭弟弟立刻赞同："嘎嘎！不是好朋友！不是好朋友！"针妹妹在地上顿了顿脚，石头大哥点了点头，都表达了同样的意见。

"卢赛为什么不是真正的朋友？"卡佳问道，"他诚恳地向我们发出邀请，到他家里来游玩，还请我们参加他准备好的家宴呢！"

"不，你错了，你们会成为他的俘虏，被他当作'家宴'吃掉的。"猫大姐警告卡佳和海妮，"我们怕的是一旦你们跨进卢赛狐狸的家门，就再也不能活着出来了。"

听到猫大姐的话，卡佳和海妮不由得恐惧起来。海妮战栗成一团，无力地坐在了草坪上。卡佳惶恐地扫视着身边的伙伴，生怕他们抛下自己离去。

然而，他的朋友们已经想好了该怎样做。

"为了不引起卢赛的疑心，我们应该把双轮车拉到这座房子后面去。"田鼠们说。

"说得对。"大家表示赞同，又各自说出自己的计策，决定在卢赛踏进家门的时候，给他点儿颜色瞧瞧。

太阳刚刚落山，卢赛狐狸便回来了。他推开自己的家门，脸上浮现出喜悦的神色。原来，他用敏锐的鼻子闻到了卡佳和海妮的味道，同时也闻到了鸭弟弟的味道。

"嘿！今晚我可要开荤了，"他眯起眼睛，晃了晃他的大脑壳，"多么聪明的卡佳和海妮呀，竟然带着他们的好朋友光临我的大铁锅，真是太妙啦！"

他把头伸进门去，望了望屋里："怎么没有他们的影子？"他自言自语道，"我猜呀，他们准是等得焦急，出去散步去了。也好，我先进屋把火生上，等卡佳他们回来，我就下手……"

卢赛狐狸在屋里支好了黑铁锅，又到屋子外面取来了柴火。他来到灶前，刚把柴火扔到燃烧的火上，只见火光一闪，卢赛暴怒地大叫了一声。原来，一团热炭一股脑儿扑进了他的眼睛。猫大姐首先给了卢赛一个下马威。

这下卢赛什么也看不见了，他不得不到屋里去找水，用来洗洗眼睛，可刚迈过门槛，他又发出一声惨叫。一罐冷水迎面泼来，浇得他浑身透湿。原来，鸭弟弟早就等在这里了。

这时，卢赛狐狸顺手摸到一条毛巾，忙抓起来擦脸上淌下来的污水。可他刚把毛巾捂到脸上，便疼得号叫起来，一个尖利的东西刺进了他的皮肤。这是针妹妹的计策，她在毛巾里设下了埋伏。

卢赛狐狸乱扑乱打，跳来跳去，气得七窍生烟，没头苍蝇般地向门外冲去，嘴里高喊："不得了啦！我的屋子着魔啦！我得走，马上搬家，赶快离开这个鬼地方。"

可他的灾难还没完呢，石头大哥早就在门楣上猫好了，他见卢赛狐狸来到身下，立刻一纵身跳下来，不偏不斜，咕咚一声砸在卢赛的脑袋上。卢赛狐狸闷声闷气地哼了一声，倒在地上，再也爬不起来了。

这时，卡佳和海妮出现在卢赛家的屋顶上，他们看到这一切，心上的石头落了地，一齐欢叫着飞了下来。

"谢谢大家，你们真能干，"他们感激地说，"是你们把我俩从卢赛狐狸的陷阱里救了出来，不然我们现在早已变成他的锅中食了。"

鸭弟弟、猫大姐、针妹妹、石头大哥一齐谦逊地答道："能帮你们解除这场灾难，我们也非常高兴。"

这时天色已晚，大家都该休息了。他们望着卢赛狐狸的房屋，那屋子里闪着灶火跳跃的光辉，格外静谧。

猫大姐提议说："伙伴们，我们今晚就睡在这里吧。"

"不！我们应该长久地在这里住下去。"鸭弟弟叫起来。

针妹妹和石头大哥也都点头赞成："对！让我们像亲兄弟姐妹一样在这里生活下去吧！"

卡佳和海妮补充道："如果我们想念往日的朋友，想去看望他们的时候，我们可以坐上双轮车，奔向远方。"

于是他们携起手来，朝屋里走去。从此，他们和睦相处，互相帮助，一同欢度着他们幸福的时光。

（赵沛林　刘希彦／译）

小伶仃

〔英国〕詹姆斯·利威思　赫尔敏·欧兰　整理

　　谁也说不准这个故事发生在哪一年了，人们只是这样传说着。

　　在古老的英格兰，有位名声显赫的国王。在家里，他同王后相亲相爱，像生活在蜜罐里一样甜蜜。可是，月亮有圆也有缺，有一件事却使他们想起来便忧愁，那就是他们结婚十几年来，一直没有孩子。

　　事有凑巧，后来有一次，国王离开王宫，到国外去长期访问，王后便在王宫里生了一个小男孩。她把孩子抱在怀里，像跟大人说话似的对他说："小乖乖，别生我的气，你爸爸回来之前，我不给你起名字了，就叫你小伶仃吧！"

　　国王走访各国，一去就是几年。当他结束了出访，返回自己祖国的时候，一条波飞浪卷的大河挡住了他的道路。国王找不到渡船，望不见桥，急得在河边直打转，想不出办法。

正在这时，一个身材魁梧的巨人向他走来，问："喂！你是要过河吗？"

国王被巨人洪亮的声音震得一惊，他扭过头望着这个黑铁塔似的怪物，默默点了点头。

"这好办，只要你能给我小伶仃，我这就把你背过河去。"

"小伶仃？"国王听了心里很纳闷。他根本就不曾听到过世界上有什么"小伶仃"，怎么给他呢？但他一听眼前的巨人愿意背自己过河，便什么也不顾了。"只要能过河，什么大伶仃小伶仃的，找点儿东西给他就得了。看样子，这巨人也是个糊涂虫。"他心里这样想着，便答应巨人说，"好，就这样说定了。你先把我背过河去，明天我一定给你小伶仃。"

他哪里晓得，他答应给巨人的小伶仃，正是他还不曾见过的亲儿子。如今，他已经长成一个聪明英俊的少年，正在家中陪伴着母亲。

过了大河，国王踏上自己的国土，回到了亲人身边。

他看到美丽的妻子不光为自己生了儿子，而且已经把孩子抚育长大，真是喜出望外，乐得嘴都合不上了。

王后见了国王，自然也是满心欢喜。她感到世上再没有比自己更幸福的人了。

远道归来的国王休息片刻后，向王后问起了儿子的名字。王后告诉他，为了等他回来后亲自为儿子取名，她一直没有给儿子起正式的名字，只是叫他"小伶仃"。

一听到"小伶仃"三个字，国王的脸色刷地变了，眼睛里流露出悔恨和恐慌，身子不由自主地颤抖起来。在王后的追问下，他把归途上自己靠巨人帮助渡过大河，并答应把小伶仃送给巨人的经过原原本本地告诉了她。当下两人都吓得面如土色，像热锅上的蚂蚁坐立不安。

最后，他们想出一条偷梁换柱的计策，来对付这个可怕的巨人。

第二天，巨人果然到王宫要人来了。国王按照事先商定的办法，把王宫里一个养鸡婆的儿子骗来，送给了巨人。巨人也不问青红皂白，背起小孩便走。

巨人背着小孩走了好远好远，来到了一座高山上。他在山坡的一块大石头上坐下来，想休息一下再走。他

问背上的小孩："喂！小娃，现在是什么时候啦？"

小孩看看太阳，告诉巨人："现在正是我那喂鸡的妈妈给国王送鸡蛋的时候。"

巨人一听心中很恼火，这哪是国王的儿子小伶仃？他一把抓过小孩的两腿，狠狠地向大石头上抡去。可怜的小孩立刻被摔死了。

巨人离开高山，怒气冲冲地回到国王的王宫，向国王索要真正的小伶仃。国王一计不成，但他仍不死心，又把王宫里一个菜农的儿子骗来，送给了巨人。巨人背起小孩，也不问真假，朝家里赶去。

走着走着，又来到了昨天歇脚的大石头旁。巨人坐在石头上，想起昨天险些上了国王的当，便多了个心眼，问背上的小孩："喂！小娃，现在是什么时候啦？"

"现在呀，"小孩瞧瞧日头，告诉巨人，"现在正是我那种菜的爸爸为国王送菜的时候。"

巨人听罢气得七窍生烟，他两手一合，把小孩活活掐死了。

当巨人第三次来到王宫时，他严厉警告国王，如果再不把真正的小伶仃交出来，他就要血洗王宫。

国王和王后再也不敢反抗，只好把小伶仃交给了巨人。

巨人背着小伶仃，像前两次一样，来到大石头前坐下来。他问背上的小伶仃："喂！小娃，现在是什么时候啦？"

"现在是我那尊贵的父王坐下来吃晚饭的时候。"小伶仃毫不犹豫地答道。

巨人听罢放下心来，得意扬扬地唠叨说："对了，这一个是真的，是真的小伶仃。"然后，也不再歇息，背起小伶仃大步流星朝家走去。

巨人有一个美丽正直的女儿，名叫戈蒂丝，年龄和小伶仃一样。自从小伶仃到了巨人家，便和她结成了好伙伴，两人每日形影不离，情同骨肉。

巨人见女儿已经有心成为小伶仃的终身伴侣，心里非常不乐意，一心要破坏他们的幸福。一天，他告诉小伶仃："小娃，明天给我干点儿活，把屋后那座马圈打扫干净，不准剩一星马粪。否则，我要把你生吞活剥，作我的晚饭，听清没有？"

小伶仃听了这番话，吓得魂不附体。他知道，那座马圈大得出奇，它长七里，宽七里，又整整七年没清扫过。马粪多得千车难载，万船难运。自己孤身一人，一天之内要把它清除干净，真比登天还难。但要违抗巨人的命令，又难活命，只好暂且点头答应。

第二天清早，戈蒂丝到马圈来给小伶仃送早饭，发现小伶仃正呆呆地对着马圈发愣。原来，马圈的围墙太高，马粪扔出去，碰到墙上，立即又掉回来。小伶仃费了九牛二虎之力，连一点儿马粪也没扔出去。

戈蒂丝来到小伶仃身旁，劝他不要着急，她会帮他渡过难关。接着，她发出一声长长的呼哨，召来了无数飞禽走兽。小伶仃抬头一望，见浩浩荡荡的猫、狗、猪、羊从四面八方赶来，铺天盖地的雁、鹊、鹰、鸠从空中飞来。它们用爪抓，用嘴叼，不等外出打猎的巨人回来，已经把马圈打扫得干干净净了。

傍晚，巨人来到马圈"检查工作"，他看到马圈里的新气象，心里暗暗惊诧："嗯，这一定是哪个可恶的家伙帮了他的忙，不过这也不要紧。"他叫来小伶仃，对他说："小娃，我还有件更艰巨的任务要你去完成。屋后那座大湖一共有七里长，七里宽，七里深，明天太阳落山前，你必须把它掏干，不然，我就把你吃掉。"

小伶仃不敢怠慢，第二天一大早就提着水桶来到了湖边。他一桶接一桶地向外舀着湖水，可是他已经累得腰酸腿疼，湖里的水却丝毫未见减少。他把桶一扔，蹲在湖边，又没了主意。

这时，戈蒂丝闻讯赶到了。她打了一声呼哨，把大海里的鱼全都召集到了湖里。这些大大小小的鱼一齐鼓鳃吸水，顷刻间，一湖绿水便被吸干了，露出了深深的湖底。然后，戈蒂丝又把这些鱼送回了大海。

夕阳落山之前，巨人来到了湖边，他见湖水已干，这件任务没有难倒小伶仃，便又心生毒计，对小伶仃说："小娃，明天有件最难做的事情要你去办。你听好，屋后有棵七里高的大树，在树顶的鸟窝里，有七枚鸟蛋，明天天黑以前，你要上去把它们取下来交给我，不准碰坏一枚鸟蛋。有丝毫差错，你就休想活命！"

小伶仃听罢心想："这次我可真是九死一生了！那大树连根枝杈也没有，我怎么上得去呢？"

他和戈蒂丝躲在一处商量了半晌儿，还是没有想出好办法。

第二天早上，戈蒂丝来到大树下告诉小伶仃，她有了好办法。说罢，她取出一把锋利的弯刀，一咬牙，把自己的五个手指、五个脚趾全割了下来。然后，她忍着疼痛，把它们靠着大树放在一处，她像前两次一样，打一声呼哨，手指和脚趾立刻变成了一架长梯，一直伸向高高的树梢。

　　小伶仃顾不上心疼戈蒂丝，急忙顺着长梯爬到树梢上，小心翼翼地从鸟窝里把七枚鸟蛋取了出来。

　　在向下爬的时候，小伶仃想着戈蒂丝的伤痛，心烦意乱，稍一疏忽，一只鸟蛋从手里滑落，掉在地上摔得稀烂。

　　戈蒂丝收回手指和脚趾，告诉小伶仃，这里再也不能待下去了。于是，他俩决定趁巨人不在家，一同逃走。

　　为了防止意外，戈蒂丝飞快地跑回自己的小阁楼，带上了自己的小宝瓶。然后，和小伶仃一道，匆匆忙忙向远方逃去。

　　他们没跑出多远，回头一看，糟了！巨人已经远远地追了上来。

　　戈蒂丝有些惊慌，向小伶仃叫道："快！把我头上的梳子摘下来，扔到地上！"小伶仃忙跑到她身后，取下她头上的梳子，向后扔去。梳子一落地，立刻化作一片茂密的荆棘林，挡住了巨人的去路。要是平常人，想穿过这道障碍是非常困难的，可巨人却毫不费力。他七手八脚地闯出一条路，越过了荆棘林，用更快的速度追了上来。

戈蒂丝和小伶仃哪能跑过巨人的两条长腿？眼看巨人已经跑到身后不远处了，戈蒂丝忙叫小伶仃："快把我头上的簪子摘下来，扔到地上！"

小伶仃吓得心怦怦乱跳，急忙从戈蒂丝头上摘下发簪，向后扔去。锋利的发簪一落地，立刻化作一片锋利的尖刀阵，横在了巨人面前。

这一次，巨人再也不敢硬冲了，他踮起脚，一步一步地向前跳着。这时，小伶仃他们越跑越远，已经要跑没影了。

巨人气急败坏地越过尖刀阵，发疯似的向他们追去。

小伶仃和戈蒂丝毕竟不是巨人的对手。一会儿工夫，巨人已经追到了这对年轻人身后，他恨得牙齿咬得咯咯直响，伸出毛茸茸的大手向他们抓去。

正在这危急时刻，戈蒂丝从怀里迅速取出小宝瓶，向身后的地上狠狠掷去。

宝瓶啪的一声落到地上，立刻摔得粉碎。从瓶里流出的一股细流忽然之间化作一股巨浪，巨浪涌到巨人身边，哗的一声变成了一个深深的湖泊，把巨人从头到脚淹在了里面。

巨人生来就不会游泳，他在水里扑腾了一阵儿，就再也没有动静了。巨人的尸体沉到湖底，喂了鱼鳖。

小伶仃和戈蒂丝也顾不得回头看看巨人下场如何，只是用尽全身力气向前猛跑。跑着跑着，小伶仃忽然发现前面模模糊糊出现了一座城堡的轮廓。他乐得大声叫起来，从那熟悉的城头角楼，他已经认出来，那正是自己离别多年的家乡。

可是，他跑得太累了，心像长了翅膀似的飞回了家，两腿却像挂了两块大磨盘似的格外沉重。他看了看自己心爱的伙伴，只见她两鬓汗津津的，已经跑得上气不接下气，再也站不住了。

小伶仃知道已经脱离了险境，这才停了下来。他把戈蒂丝搀到路旁一块石头上休息，并告诉她在这儿耐心等待自己，他先去王宫看看，然后再来接她。

为了快点儿走到王宫，小伶仃来到路旁的一座小农舍打听近路。不料他这一问，却给自己带来了麻烦。

原来，这座小农舍的主人，正是当初被国王夺去了儿子的那个养鸡婆。她从屋里走出来，问明了小伶仃的身世，立刻把对国王的刻骨仇恨转到他身上。

"你还向我问路呢！真是冤家路窄，要不是你招惹了巨人，我的儿子不但不会死，而且早已长得和你一般大了。"想起这些，她的肺都要气炸了，她决定用自己的巫术来报复他。

小伶仃问明了道路，便径直走到王宫。他叫开了宫门，进到空荡荡的大厅里。这时，他又累又困，再也支持不住，扑通一声躺到了一张大躺椅上。宫里的卫士一见王子回来了，急忙去向国王通报。

国王和王后每日思念儿子，望眼欲穿。一听到儿子回来的喜讯，不由欢喜欲狂，步履匆匆地向大厅赶来。

他们进到大厅一看，不约而同地愣住了。只见小伶仃躺在长椅上，睡得正香。起初，国王和王后都以为小伶仃路上辛劳过度，太困倦了，因此，不忍心叫醒他，只在一旁慈爱地守候着。可是，从上午一直等到太阳偏西，小伶仃还是像死了一样沉静地睡着。国王和王后等不及了，高声呼唤，但仍然不见儿子睁开眼睛。这样一来，国王和王后可真的惊慌起来了。

原来，小伶仃在向养鸡婆问路时，被养鸡婆暗中在身上施了咒语，这咒语能使小伶仃永远睡着，不省人事。只有向他念一种新的咒语，才能使他醒来。

幸好国王听说过这种巫术，连忙命人四处张贴告示，通知全国百姓，谁若能把小伶仃唤醒，国王愿意与这人结亲。告示一贴出，立刻轰动了全国。

再说城堡外的戈蒂丝，见小伶仃去了好久没回来，不知出了什么意外，心急似火。她想去王宫里寻找小伶仃，又怕小伶仃回来找不到自己，因此不敢离去。她见路边有一口水井，井旁长着一棵小树，便走过去，爬到树上，拨开茂密的枝叶向城堡的方向瞭望。

这时，一个农家姑娘从远处走来，手里提着一只水桶，看样子是来打水的。她走上井沿，朝井里一望，见水中映出一张娇柔美丽的少女的脸，心里暗暗惊喜。她觉得自己长得和从前完全两样了，在全国恐怕也挑不出比自己长得更美的姑娘。望着望着，她猛然记起了国王派人贴出的告示，心想："凭我这美丽的容貌，不正该嫁给刚刚远道归来的王子吗？"她什么也不顾了，恨不能立刻去呼唤那年轻英俊的王子。

原来，这姑娘不是别人，正是那个被国王领走了儿子的菜农的女儿。本来，她早已到了出嫁的年龄，可是小伙子们嫌她长得太丑，都不愿娶她。刚才，她在井边把戈蒂丝映在水里的面容当成了自己的容貌，这才使她蓦地想起了自己的婚姻大事。

为了知道自己能不能和王子结成姻缘，她扔下水桶，径直向精通巫术的养鸡婆家里跑去。

养鸡婆听菜农的女儿说明了来意，非常得意。她正巴不得有一个丑姑娘和王子结成一对，让他们夫妻不和，遭天下人嘲笑。于是，她把一套古怪的咒语一字一句地教给了她，并告诉她，这些咒语不仅能让王子永远沉睡，而且还能让他按时醒来。

菜农的女儿学会了咒语，像得了法宝似的满心欢喜。她立刻赶到王宫的大厅，分开众人，上前用咒语呼唤沉睡的王子。果然，咒语刚念完，小伶仃便苏醒过来了。国王和王后转忧为喜，快乐得眼泪都流出来了。他们也不计较菜农女儿长得难看，立即答应让小伶仃娶她为妻。

正当宫里的人们为王子的醒来欢喜欲狂的时候，那个被国王葬送了儿子的菜农来到了大路边的水井旁。原来，他见女儿前去打水，一去不回，怕误了浇菜，便亲自找来了。见到扔在井边的水桶，他猜想女儿一定是到别处玩耍去了，便拎起水桶，亲自打起水来。

他刚要把水桶放进井里，忽然发现井水映着一个美丽得惊人的面庞。他十分诧异，看看身边，并没有外人，再向头上一望，这才看清有位美丽的少女坐在树杈上。他好奇地问她为什么一个人待在树上，戈蒂丝便把自己和小伶仃逃出巨人魔掌的经过告诉了他。菜农听了，非常同情他们的不幸遭遇，忙把国王贴出告示，征求能把小伶仃唤醒的能人的情形告诉了她。戈蒂丝一听急得差点儿晕过去，忙跳下树，让菜农领着自己到王宫去寻找小伶仃。

在后宫的一张长椅上，戈蒂丝终于找到了王子。他被菜农的女儿用咒语唤醒后，正在这里歇息，哪知竟不知不觉，又睡了过去。戈蒂丝见了，忙上前呼唤，可是她的喉咙都快喊哑了，小伶仃还是沉睡不醒。戈蒂丝不知他得了什么疾病，吓得失声痛哭。

她的哭声惊动了宫里的人，国王和王后闻讯急忙赶来。他们看到小伶仃刚刚醒来便又昏睡过去，心里非常焦灼。又听见旁边这个美丽的姑娘一边抽泣，一边诉说道："可怜的小伶仃，我冒着生命危险，帮你清理了马圈，吸干了湖水，又忍着剧痛，帮你架起了长梯，最后，又杀死了我那凶恶的父亲，这一切都是为了一辈子和你在一起，咱们可以过上好日子。可谁能料想，你却睡在这里，叫也叫不起，哭也哭不醒，一句话也不对我讲……"

国王和王后与戈蒂丝素不相识，都觉得她的话有些蹊跷，仔细一问，才知道她便是救儿子逃出虎口的恩人。国王忙派人找来菜农的女儿，让她用咒语唤醒了小伶仃。

这时，国王终于识破了养鸡婆布下的圈套。虽然他为自己犯下的过错感到十分内疚，但为了小伶仃和戈蒂丝，他还是对养鸡婆和菜农的女儿下达了命令，让他们马上迁到遥远的地方去居住。

受尽了磨难的小伶仃靠戈蒂丝的帮助，逃出虎口，杀死了巨人，如今，又摆脱了养鸡婆的巫术，再也不用担心自己的命运了。他和戈蒂丝在自己可爱的家乡建立了美满的家庭，他们像挣脱了牢笼的两只小鸟，开始了自由快乐的幸福生活。

（赵沛林　刘希彦／译）

茉丽·薇波尔

〔英国〕詹姆斯·利威思　赫尔敏·欧兰　整理

很久以前，在一间遥远的小草房里，住着一对老夫妻。他们的子女太多啦，老两口简直没有办法养活他们。孩子们一天比一天大了，吃的、穿的、用的，需要的东西越来越多。可是，上哪儿去挣更多的钱呢？年迈的老汉已经没有力量再干更重的活，他的老伴也从来没有松过一口气，从早到晚，她不是烧火做饭，便是缝补浆洗，整天忙得头昏脑涨。到最后，老两口被逼得山穷水尽，终于走上了最后一条路。

一天，老两口把三个刚长成少女的女儿带进了黑黝黝的大森林，丢弃了她们。

回家的路上，老两口惦念三个女儿的死活，心疼得如同刀绞一般。他们也舍不得自己的亲生女儿呀！可是不这样做，只能全家一块饿死。

三个姐妹为了找点儿吃的充饥，在森林中不停地走着。当她们来到森林边上时，忽然看见不远处有座大板房。这时，天色已经黑下来，一缕淡淡的灯光从大板房里射出来。三姐妹立刻走过去，在门上轻轻敲了敲。

一会儿工夫，一个妇人打开门，从里面探出头来。

"给我们点儿吃的吧，女士。我们迷了路，饿得再也走不动了。"

"哎呀，这可不行！"妇人听了连连摇头，"我丈夫可不好惹，他是巨人。要是他回家看见你们，非把你们杀了当晚饭吃不可！"

"可怜可怜我们吧，女士，我们不怕巨人。"三姐妹中的大姐苦苦哀求说，"难道您就忍心让我们饿死？您瞧，我们真的撑不住了……"说着，她哭出声来。

巨人的妻子看了看三个姑娘，不禁起了歹心："把这三个女孩子留下来也不错，正好给丈夫换换口味，他早就吃腻了牛羊肉，见了活人，不知怎么馋哩！"想到这儿，她点点头说，"好吧，进来吧，孩子们！我给你们弄点儿面包和牛奶，吃完了你们好在壁炉边上暖和暖和。"

三姐妹虽然心里讨厌巨人的妻子，但她们饥饿难忍，便道了谢，走进屋来。

妇人表现得很好客，热情款待了三姐妹。吃过饭，三姐妹觉得身上有了力气，便站起身，想告辞，到别处找个睡觉的地方。忽听一阵沉重的皮靴声从外面传来，"不好，是巨人回来了！"三姐妹想到这里，吓得魂不附体，不知怎么办才好。这时，妇人劝她们说："不用害怕，跟我来。"说着，她把三姐妹带到一个大碗橱前，"快躲到里面去，等我丈夫吃完饭，我再来叫你们。"妇人把三姐妹推进黑洞洞的碗橱，闩好橱门，又关照她们说："你们千万别出声，不然我丈夫会发现你们的。"

巨人走进屋来，咚的一声把手里的大木棒扔到了地上。他用鼻子到处闻了闻，自言自语："哎，今天屋里怎么有股生人味？"

"净胡扯，你总能闻出点儿新东西。"妇人打断他的话，催促说，"快坐下吃饭吧！吃完了饭，我还有好东西给你看哩！"

伺候丈夫吃完了饭，妇人立刻来到碗橱前，她打开橱门，把三姐妹带到了巨人面前。

"瞧这三个刚来的小家伙，多招人喜爱。"她对丈夫说，"我已经让她们吃过饭，今天晚上，就让她们和咱们的三个女儿睡在一起吧，也许她们会挤点儿，可是还睡得下。"

就这样，三姐妹被领到了巨人的女儿们那里。晚上，巨人的三个女儿头一挨枕头，便立刻打着鼾睡着了。

三姐妹中的小妹妹，是个干净利落、聪明灵巧的小姑娘，名叫茉丽·薇波尔。她那一双处处留心的眼睛，注意到巨人刚才来到这里时，曾经对他的女儿们说了些什么。接着，他取出三条项链挂在女儿们的胸前，又取出三个绳子套，套在了茉丽和她姐姐们的脖子上。然后，才端起蜡台，走回屋去。

茉丽觉得这一切非常可疑，便忍着困倦，努力不让自己睡去。过了一袋烟的工夫，大家都睡踏实了。茉丽忙坐起来，把三条项链从巨人女儿的胸前摘下来，挂到自己和两个姐姐的胸前，又把三个绳套摘下来，套到了她们的脖子上。然后，才躺下睡去。

夜越来越深了，野外静悄悄的，死一样寂静可怕。这时，吱呀一声，房门被打开了，巨人手里提着大棒子，从外面摸了进来。他在黑暗中走近床边，把三个戴着绳套的女孩儿拖到床下，一棒一个，全都打死了。然后，他一边嘿嘿地狞笑着，一边朝屋外走去。

三姐妹被巨人的笑声惊醒了，茉丽的两个姐姐看到巨人的女儿死在床下，全都吓哭了。茉丽忙让她们止住哭声，对她们说："姐姐，我们必须赶快逃走，不然的话，我们全得死在巨人手里。"

三姐妹商量妥了，趁着天还没亮，便溜出巨人的家，向远处慌忙逃走了。

第二天上午，三姐妹来到了一座王宫前。茉丽勇敢地拉着自己的姐姐，上殿去见国王。

"你们是做什么的？从哪儿来？"国王打量着她们，问道。

茉丽不慌不忙地答道："我们是三个不幸的姐妹，刚从一个凶恶的巨人那里逃出来。国王陛下，请原谅我的冒昧，我想，您不该让这样一个可恶的怪物扰乱自己的国家和百姓。"

"唉，说得容易，做起来难啊！"国王似乎早已知道这件事，他问茉丽："小姑娘，你有什么好办法制服他吗？"

茉丽想了想，说："要制服巨人，必须先把他的魔剑弄到手。"

"你有办法得到它吗？"

"我可以试试，国王陛下。"茉丽向国王反问道，"如果我成功了，您将怎么报答我呢？"

"这个……我让我的大儿子娶你的大姐做妻子，好吗？"

"好极了，咱们一言为定！"茉丽高兴地答应了，然后，跟两个姐姐一道吃饭去了。

当天晚上，茉丽只身一人回到了巨人的住处。夜幕遮住了一切，她悄悄溜进巨人的大板房，在他的床下藏了起来。她知道，巨人的魔剑就挂在床头。

隔了一会儿，巨人吃完晚饭，走进屋来。他在屋里闻了闻，没发现有什么可疑的迹象，这才躺在床上睡去。他睡觉和别人都不一样，鼾声打得震天响，简直要把茉丽的耳朵震聋啦！茉丽顾不得这些，小心地从床下爬出来，从床头摘下魔剑，便朝外走。可是，魔剑太重，茉丽一下没拿住，当啷一声，魔剑碰到了地面。这下可坏啦！巨人被惊醒了，一纵身跳到了地上，他大吼一声，往外紧紧追赶。

巨人在后面大步追来，茉丽在前面小步快跑，茉丽很快来到了一座小木桥前。桥下是深不见底的河水，小桥细得像根柳条，横跨两岸。因为这座小桥是世界上最窄、最轻的小桥，所以，人们都叫它"一丝桥"。茉丽连蹦带跳，从桥上敏捷地跑到了对岸。巨人却被小桥拦住了去路，他哪里敢上桥？踩断了小桥，他非掉到河里淹死不可！巨人站在桥头，大口喘着粗气，干着急没办法，气得挥舞着拳头，向茉丽喊道："赶快给我滚远点儿，该死的茉丽，你胆敢再到我这儿来，我非把你抓住打死不可！"

茉丽听了毫无惧色，她站在对岸，向巨人挥着手里的魔剑："老恶魔，我还要来的，我要让你永远不得安宁！"

说完，她怀着初次胜利的喜悦心情，向国王的宫殿跑去。

国王从茉丽手里接过巨人的魔剑，非常高兴。他履行了自己的诺言，立即为自己的长子和茉丽的大姐举行了隆重的婚礼。

过了几天，国王派人把茉丽叫到了面前，对她说："茉丽，如果你能帮我盗来巨人的钱袋，我一定好好报答你，让我的二儿子和你的二姐也结为幸福的夫妻。你要记住，那只钱袋就放在巨人的枕头底下。"

　　"可以，国王陛下。"茉丽感谢了国王的好意，并告诉国王，"我一定想办法得到那只钱袋。"

　　为了战胜恶魔，茉丽又一次来到巨人的大板房。她趁着墨一样的夜色，溜进屋，躲在了巨人的床下。她刚刚藏好，便听到巨人拖着沉重的脚步，从厨房里走来。他进到屋里，倒头便睡，雷鸣鼓响般的鼾声又响起来。

　　茉丽没费力气，就把手伸进巨人的枕头底下，取出了钱袋。她屏住呼吸，蹑手蹑脚地朝外走去。忽然，一只大瓦壶被她绊倒了，啪嚓碎成两半。巨人闻声惊醒，猛地坐了起来。茉丽刚跑出门，巨人便从屋里追了出来。巨人在后面穷追不舍，茉丽在前面快步如飞，转眼来到了"一丝桥"，巨人又被隔在了对岸。

　　他眼睁睁看着茉丽逃过河去，气得暴跳如雷地喊道："赶快给我滚远点儿，该死的茉丽，你胆敢再到我这里来，我非把你抓住打死不可！"

茉丽也不甘示弱，她把手里的钱袋向巨人摇了摇，喊道："老恶魔，我还要来的，我要让你永远不得安宁！"

　　然后，她转身跑得无影无踪。

　　回到王宫，茉丽把钱袋交给了国王。国王不胜欢喜，立刻吩咐张灯结彩，为自己的二儿子和茉丽的二姐大办婚事。

　　盛大的庆典结束后，国王又找到茉丽，恳求她说："茉丽，我还有最后一块心病，只有你能为我治愈。当然，这可能会使你陷入可怕的险境，也许会丧失性命。可是，等到你完成这个使命时，我会让我最心爱的小儿子和你订下姻缘。只要你们到了成亲的年龄，我便亲自主持你们的婚礼。"

　　"我还能为您做什么呢？"茉丽羞赧地轻声问。

　　"事情是这样的，"国王有些为难地告诉茉丽，"这次你要施展出最高超的本领，把巨人的金戒指从他手上盗出来，带回王宫。这就是我最大的心愿。"

　　茉丽听了国王的话，心里有些犹豫。她仿佛看到了巨人狰狞的面孔，听到了他的吼叫。可是，她又想到了两个姐姐的美满婚姻，脑海里浮出了小王子年轻美貌的面容。她是多么盼望能嫁给这样一位王子啊！最后，茉丽答应了国王，决定再冒一次险。

当天晚上，茉丽第三次溜回巨人的住处，躲到巨人的床下。不一会儿，巨人回来睡觉了，他打着呼噜，声音比山崩地裂还响。

借着从窗口射进屋来的月光，茉丽看清了，巨人的右手垂在床边上，在粗大的手指上，果然戴着一枚闪闪发光的金戒指。她两手抓住戒指，想把它摘下来，可是，戒指紧紧箍在手指上，纹丝不动。

时间一点点过去了，巨人的鼾声越来越响，茉丽又急又怕，身上一阵阵发抖。她咬紧牙关，猛地一用力，戒指终于被摘下来了。可就在这一刹那，巨人被惊醒了，他大叫一声，一把将茉丽抓到了手里。然后，他骨碌一下从床上跳下来，用气得微微颤抖的声音嚷道："啊哈！是你，该死的茉丽·薇波尔！怎么样，你今天终于落到我的手里啦！看我怎么惩罚你。喂！你不是说过，让我永远不得安宁，对吧？"

"是的，我说过。"茉丽轻声答道。

"我也说过，要是把你抓住，非打死你不可，对不对？"

“是的，你说过。”茉丽点点头。

“好，那我问你，”巨人想出一条诡计，不露声色地问道，“像你这样聪明的人，一定有很多好主意。你说实话，要是我落在你的手里，你会怎么对付我？”

“我会怎么对付你？”茉丽感到有些莫名其妙。

“对，怎么对付我？快说！”

“好吧，我告诉你。”茉丽想了想，对巨人说，“你看到墙上那只大口袋了吗？那一定是你装饭用的。我要是抓住你，就把你塞到那只口袋里，再放进一只猫、一只狗、一根针、一根线，再加上一把剪刀，然后，就把口袋系死。”

“然后呢？”

“我要把口袋挂好，再到森林里砍一根大木棒回来，用它狠狠地揍你，直到你在口袋里断了气为止。”

“噢！这就是你的手段，对吧？那好，我现在就照你的办法来惩罚你。”

说着，巨人把茉丽抓起来，塞进了大口袋里，又把猫、狗、针、线和剪刀，一股脑儿塞进了口袋，然后把口袋口系死，挂到墙上，这才上床睡去。

茉丽在大口袋里，很快就和小猫、小狗交了朋友。她找个舒服的地方躺下来，静静地等待黎明的到来。

东方刚一放亮，巨人便从床上爬起来。他带好斧头，撇下口袋里的茉丽，急匆匆地到森林里去了。

巨人刚走出门，他的妻子便走了进来。

嘶——嘶——嘶——，她用鼻子在屋里闻了闻，自言自语，"哎，怎么有一股生人味？"

"女士，女士！我是茉丽，你听见了吗？"茉丽在口袋里大叫起来。

"呃，是你呀！你到口袋里去做什么？"妇人惊讶地问。

"啊，您哪里知道，我在这儿发现了许多奇珍异宝哩！"

"什么？你发现了什么宝贝？"

"我说出来你也不会信的。"茉丽的声音又从口袋里传出来，"女士，我敢说，你要是看到这些好东西，准会大吃一惊。"

"真的？快想法让我进去看看，快！"

茉丽听见妇人的请求，立即抓起剪刀，把大口袋剪开一条缝，又把针线带在身上，然后从口袋里跳了出来。

妇人早等得不耐烦了，急着要进口袋，茉丽忙托起她的两只脚，把她推进了大口袋。接着，她取出针线，迅速缝好了口袋。就在这时，传来一阵脚步声，由远而近，茉丽知道是巨人回来了，忙一闪身躲到了门后，偷偷观看。只见巨人气喘吁吁地闯进屋，带着一脸杀气。再看他手里，拿的哪是木棒啊，简直就是一根大树干。

他进门便嚷道："那个不知死活的小东西在哪里？这回让你尝尝苦头。你不是想把我塞进大口袋，活活打死吗？现在，我就照你说的做！"

他边说边抢起从森林砍来的大树干，对准墙上的大口袋，劈头盖脸地砸了下去。

这一来，口袋里的妇人可吃不消了！没命似的号起来："哎哟！是我呀！我不是茉丽，快住手！哎呀！让我出去，快让我出去呀！"

可是巨人什么也听不清，他的大树干落下来，打得口袋里猫叫狗吠，一片嘈杂，早把妇人的喊声淹没了。

茉丽躲在门后，见此情景，心中非常痛快。她想起不久以前，就是这个可恶的女人，装出一副热心肠的样子，骗了自己的姐姐们，还梦想让自己和姐姐们成为她丈夫的晚餐呢！真是罪有应得。

就在巨人用大树干狠擂大口袋的时候，茉丽乘机溜出了大门，一溜烟向国王的宫殿跑去。

国王一个人在宫殿里，正坐立不安。自从茉丽走后，他一直担心这次巨人会对茉丽有所防备。弄不好，茉丽会死在巨人手里，永远回不来了。他越想越怕，越想越后悔自己把茉丽送进了虎口。像茉丽这样充满智慧又美丽勇敢的姑娘，和自己的小儿子正是天生一对，要是茉丽有个好歹，岂不误了孩子们的大事？

正当国王忧虑万分的时候，茉丽兴高采烈地回到了宫殿。她把金戒指捧到国王面前，又把事情的经过讲了一遍。国王接过戒指，心里一块石头落了地，不禁悲喜交集。当下他便派人把小儿子唤到面前，和茉丽订下了婚约。

一晃几年过去了，王子和茉丽双双长成了俊俏的年轻人。这一天，王宫里灯火辉煌，鼓乐喧天，茉丽和王子的婚礼开始了。这一对年轻人凭借聪明才智和善良勇敢博得了全国人民的爱戴，无数的人前来参加他们的婚礼，在美好的祝福声中互相诉说着他们的功绩。

那个巨人可和从前不一样啦，他自从失去了魔剑、钱袋和金戒指，就再也不能兴风作浪了。妻子一死，他的身体一天比一天瘦弱，心情一天比一天烦恼，不久，就在人世间销声匿迹了。

在那以后的许多年里，在茉丽生长过的地方，人们一直怀着感激的心情，赞颂着茉丽的勇敢和智慧。他们世世代代，在没有了恶魔的土地上，过上了和平美好的生活。

（赵沛林　刘希彦／译）

两只小獾和两个小孩子的故事

〔乌拉圭〕奥拉西奥·基罗加

从前，一只獾有三个孩子。他们住在山里，吃果子、草根和鸟蛋。他们在树上听到响声时，就一头扎到地上，翘着尾巴逃跑。

小獾稍微长大一些，有一天他们的妈妈在橘树上把他们叫到一起，对他们说：

"小獾啊，你们够大了，可以自个儿找东西吃了。你们应该学会自个儿找东西，年龄大了，跟别的獾一样，要自个儿找。老大喜欢吃树皮，他可以在橘树上找到，那上面有许多硬树皮。老二喜欢吃水果，这棵橘树上有水果，到了十二月还会有。老三只爱吃鸟蛋，可以随便到哪儿去找，哪儿都有鸟窝，可要到田野上去找，那就很危险。

"小獾啊，有一样东西你们要避开点儿，那就是狗。

我跟狗打过一架，一颗门牙被打掉了，我知道那是什么滋味。狗的后面总是跟着人，气势汹汹地吆喝着。你们听见吆喝声近了，就要一头扎到地上去，无论树有多么高，也得这样。要不，人一定会一枪把你们打死。"

妈妈这样说完，他们便爬上树忽左忽右地走路——这是獾走路的习惯，他们就这样分手了。

老大到橘树草丛中去找树皮，他捡到很多树皮，吃着吃着就睡着了。老二只爱吃水果，其他的都不喜欢，他放开肚皮饱餐了一顿。因为跟巴拉圭、米雪翁那儿一样，那棵橘树长在山里，谁也不会来打扰他。老三发疯似的只想吃鸟蛋，跑了一整天只找到两个窝：一个是犀鸟窝，里面共有三个蛋；一个是斑鸠窝，里面只有两个蛋。一共五个小蛋，太少了。太阳快要落山的时候，小獾很丧气地坐在山脚下，望着田野，想起了妈妈的话，自言自语道："为什么不让我到田野上去找鸟窝呢？"

正这样想着，听到远处有鸟在叫，便羡慕地说："叫得多响啊！这只鸟生的蛋一定很大！"鸟儿叫了又叫，小獾跳起来就往山下跑，还抄了近路，声音是从他的右方传来的。太阳已经下山了，小獾还在翘着尾巴跳啊跑啊。最后他总算到了山脚下，瞧了一会儿，看到远处的田野上有一间屋子，还有一个人穿着靴子，牵着一匹马，还看到一只很大的鸟在叫。这时小獾敲敲自己的前额说："我多笨啊！现在才知道那不是鸟，原来是一只公鸡。有一次，妈妈在树上指给我看过。公鸡啼得很好听，有好多母鸡会生蛋。要是我能吃到鸡蛋该多美啊……"

知道吗？任何东西都不能像鸡蛋那样使山里的这个小家伙垂涎。待了一会儿，小獾记起了妈妈的话，但是他馋得更厉害了。他坐在山脚下，只等天一黑，便到鸡棚去。

天终于黑了，他踮起脚尖，一步一步向那间屋子走去。到了那儿，仔细听听，一点儿声音也没有。小獾高兴得手舞足蹈，因为有鸡蛋吃了，一百个鸡蛋、一千个鸡蛋、两千个鸡蛋！走进鸡棚，他清清楚楚地看见在鸡棚口有个鸡蛋，一个多好的蛋啊！这个蛋很大，他想留下当晚餐。可是，他已经迫不及待了，便一口咬了上去。

他刚咬上，啪！脸上狠狠挨了一下，嘴巴痛得要命。

"妈妈，妈妈！"他痛得乱喊乱叫、乱窜乱跳，可是他已经被捆住了。这时他听到一只狗汪汪叫。

原来，小獾在山脚下等着天黑好到鸡棚去的时候，屋子里的人正跟他的两个孩子在禾场上玩耍。他们一个五岁，一个六岁，都是一头金发，一边笑一边跑，栽倒了又笑着爬起来，又跌倒。父亲看见他的孩子这么高兴，也乐得时常跌跤。天色已晚，他们结束了嬉戏，父亲说："我去安捕兽器捉黄鼠狼，黄鼠狼会来偷鸡、偷蛋哩。"

　　父亲安好了捕兽器，两个小家伙吃完晚饭，到了他们睡觉的时间。可是，他们一点儿也不想睡，从这张床跳到那张床，在被窝里钻来钻去。父亲边吃饭边看报，放任他们胡闹。突然，他们不跳了，叫喊着："爸爸，黄鼠狼被逮住啦，小汪在叫呢！爸爸，我们去看看吧！"

　　父亲答应了两个小家伙的请求，于是让他们穿上凉鞋，因为怕有蛇，父亲从来不让他们在夜里赤脚走路。

　　他们去了鸡棚。在那里两个小家伙看到了什么呢？他们看见父亲弯下腰，一手牵着狗，一手捉住一只獾的尾巴。獾还不大，不停地叫着，声音跟蟋蟀的叫声一样尖利。

　　"爸爸，不要杀他！"两个小家伙说，"他还很小呢，给我们吧！"

"好，给你们，"父亲回答，"但是要好好照料他，特别要记住，他跟你们一样要喝水的。"

父亲说这些话是因为有一次两个小家伙弄到一只山猫，他们经常拿厨房里的肉给山猫吃，却一直不给山猫水喝，山猫就死了。

他们把獾放在原来养山猫的那只笼子里，离鸡棚很近，之后，他们就去睡觉了。

下半夜，静极了，小獾被捕兽器扎了一下，正痛得要命，在月光下看见三个影子偷偷地走过来。原来是他的母亲和两个哥哥正在找他，他心里难受极了。

"妈妈，妈妈！"他在笼子里低声叫唤，怕惊动人，"我在这儿，救救我吧！我不愿意留在这儿，妈——妈——！"他伤心地哭了。

不管怎样，他们聚在一起了，很愉快，互相用嘴巴不停地蹭着对方。

他们想马上救出小獾，先试着弄断铁丝，四只獾闷着头咬啊咬，一点儿也没有用。母亲突然有了办法，她说："我们到人那儿去找工具！人有切断铁丝的工具，名叫锉。锉跟响尾蛇似的有三个面。用的时候，一推一拉。

我们去找吧!"

他们从工厂带回了锉。他们知道,一只獾的力气是不够的,三只獾就一起抓紧锉,开始工作。他们干得真起劲,一会儿整个笼子被锉得颠簸起来,发出很大的响声。声音响着响着,狗就醒了,汪汪直叫。三只獾都很识时务,不吃眼前亏,丢下锉,一溜烟跑回山里去了。

第二天,两个小家伙一早就去看他们的贵宾,小獾却伤心得很呢!

"咱们给他起个什么名字呢?"小姑娘问她的兄弟。

"我知道,"小家伙说,"我们叫他'十六'!"

为什么叫"十六"呢?没有哪只野兽有比这更古怪的名字。原来小家伙正在学数学,也许他很喜欢这个数吧。

这样,小獾就叫十六。他们把面包、巧克力糖、肉、虾,还有鲜美的鸡蛋给他吃。仅仅一天工夫,就使獾搔搔脑袋摸摸耳朵,猜不透他们俩的心思。他们对待他多么诚心、多么亲呢!到天黑时,小獾几乎心甘情愿待在笼子里了,他一刻也不停地想着吃到的好东西,想着那两个金黄头发的孩子是多么快乐和善良。

接连两个晚上,狗总是紧靠着笼子睡觉,小獾一家不敢来了，他们难过得很。第三个夜晚，他们又找来锉，想救出小獾。小獾却说："妈妈，我不想离开这儿了。他们给我鸡蛋吃，待我很好，今天还对我说，要是我好好待在这里，很快就会放我出笼的。他们跟我们一样，也是小孩子，我们一块儿做游戏。"

这三只獾很失望，但是并不甘心，约定每天夜里来看他。

于是，每天夜里，下雨也好，晴天也好，他的母亲和哥哥总是来和他一起待一会儿。小獾递给他们面包，他们就坐在笼子对面吃。

十五天之后，小獾被放出笼了，晚上，他自己走进笼里。有的时候因为他太靠近鸡棚，有人会拎着他的耳朵把他移开。一切都很好，他和那两个小孩相亲相爱。

有一天夜里，很黑又很热，打着雷，三只獾来叫他，却得不到回应。他们走近一看，一条蛇盘在笼子口，他们差点儿踩着。他们马上明白了，小獾进笼子的时候被蛇咬了，所以刚才没有回应，也许小獾已经死了。三只獾决定要狠狠地报仇，他们立刻惹得响尾蛇发疯似的跳来跳去，他们趁机扑上去，把蛇的头咬得粉碎。

他们跑进笼子，果然看见小獾肚子鼓鼓地躺在那儿，四条腿直颤抖，快要死了。这几只獾摇晃着他，一点儿办法也没有，在他周身舔了一刻钟，也没有什么效果。后来，小獾张开嘴咽了气。

獾是不太怕蛇毒的，毒蛇几乎对他们无可奈何。有些动物像獴，也一点儿不怕蛇毒。一定是小獾的动脉或静脉被咬了，立刻中毒，就死了。这就是小獾死的原因。

一见这种情况，小獾的母亲和哥哥哭了很久很久。后来，因为在那里没有什么事情可以做，他们便出了笼子，在小獾幸福生活过的屋子周围转了最后一圈，又回到山里去了。

但是，这几只獾很担心，他们想："第二天，两个孩子看到他们亲爱的小獾死在那儿，会说些什么呢？他们很爱他，这只獾也很爱那两个金发孩子。"三只獾都这样想："不能让那两个孩子伤心。"

他们谈了很久，最后决定：他们当中的老二，模样和举动很像老三，叫他留在笼子里代替死去的老三。老三给他们讲过许多这家的事情，他们很清楚这家的事。两个孩子不会识破的，只会觉得有点儿不一样罢了。

他们这样做了。老二代替老三留在笼子里，母亲和老大回到山里去。他们衔着老三的尸体，慢慢地向山里走，老三的头倒挂着直摇晃，尾巴在地上拖着。

第二天，两个孩子真的觉得小獾的某些习惯有点儿异样，但是，老二和老三一样，性情很好，跟他们很亲昵，他们也就不再怀疑什么了。两个小家伙和老二也相处得像一家人一样。跟从前老三活着的时候一样，两只野獾每天夜里都来看这只家獾，坐在他的旁边，吃着他留给他们的生鸡蛋，给他讲丛林里的生活。

（吴广孝／译）

奥拉西奥·基罗加（1878~1937），用西班牙语写作的乌拉圭作家、诗人，被誉为"拉丁美洲小说之王"。在乌拉圭度过了童年，后来长期侨居阿根廷。当过新闻记者、体育教师、裁判和外交官。一生创作了近200个短篇小说。代表作有《爱情、疯狂和死亡的故事》《林莽的故事》《阿纳孔达》《流放者》等。

亚伯比利河上的故事

〔乌拉圭〕奥拉西奥·基罗加

亚伯比利河在米雪翁，河里有许多鳏鱼，"亚伯比利"的意思恰巧是"鳏鱼河"。河里有那么多鳏鱼，有时候即使一只脚伸到水里去也是危险的事情。我认识一个人，他的脚跟被一条鳏鱼咬了，赶回家得走半里路，只好瘸着腿走，痛得他哭哭啼啼、跌跌撞撞，真是痛得不能再痛了。

亚伯比利河里还有很多别的鱼，有些人用手榴弹去炸，扔进一颗手榴弹，就会炸死很多条鱼。离爆炸地点近的鱼即使有屋子那么大，也会死掉，更别说那些一点儿用处也没有的小不点儿鱼。

有一次，一个人在那里住下了，他很可怜那些小鱼，不肯让别人炸鱼。他倒不是反对到河里去捉鱼，只是不肯让别人白白炸死成千上万的小鱼。那些炸鱼的人起初很恼火，可是，那个人虽然是个好人，却很厉害。他们只得到别的地方去捕鱼。鱼儿高兴极了，很感激那位朋友救了他们，只要他一走近河岸，就能认出他。他在岸边吸烟散步的时候，鳎鱼就在烂泥里乱游，跟着他，很高兴地陪伴着他们的朋友。他却什么也不知道，在那里生活得很幸福。

有一天下午，一只狐狸跑到亚伯比利河，他的爪子一伸进河里就叫了起来："啊，鳎鱼，轻点儿！你们的朋友来了，他受伤了！"

鳎鱼听他这么说，都争先恐后地游到岸边，问："出了什么事？他在哪里？"

"那里，来了！"狐狸叫道，"他跟老虎打了一仗！老虎在追他呢！他一定要经过那个岛，让他过去吧，他是个好人！"

"那还用说！我们一定会让他过去！"鳎鱼回答，"但是，老虎要过我们就不放！"

"当心！"狐狸大声叫着，"不要忘了，是老虎！"

狐狸一跳，回到山里去了。

他刚走，那个人分开树枝来了，浑身上下血淋淋的，衬衫被撕得东一条西一片。血顺着脸、胸脯一直淌到裤子上，又沿着裤子的纹理滴到沙地上。他的伤太重了，他颤抖着走向岸边，跨进河里。他一只脚刚刚伸进水里，聚在岸边的鳐鱼马上让开，他在齐胸深的水里一直走到岛上，鳐鱼没有刺他一下。好歹总算到了岛上，他因为流血过多，晕倒在岛上。

鳐鱼还没有来得及去好好安慰一下那位将死的朋友，只听一声吼叫，吓得他们在水里跳起来。

"老虎，老虎！"所有的鳐鱼都叫嚷着，像箭一样游到岸边。

真的，跟那个人打架的老虎追到亚伯比利河来了，他也受了很重的伤，全身血糊糊的。老虎一看那个人像死了一样倒在岛上，就兴奋不已，猛吼一声，扑到水里，想去咬死他。

他的爪子才伸进水里，立刻感到有十来只"钉子"狠狠地扎在爪子上，他立刻向后一跳。原来是鳐鱼不让他过河，用尾巴上的刺狠狠地刺他。

老虎痛得四脚朝天乱蹬，岸边的水很浑，好像河底的烂泥浆都翻上来了。他明白了，一定是鳐鱼不放他过河，便气鼓鼓地叫道："啊，我知道是什么！你们这些该死的东西，让开路！"

"不让！"鳄鱼回答。

"让开！"

"不让！他是好人，谁也不准伤害他！"

"他把我打伤了！"

"两个都受伤了！这是你们在山上的事，这儿是我们的地方！……不许过去！"

"就是要过！"最后老虎大叫一声。

"休想！"鳄鱼回答。

"好，我们走着瞧吧！"老虎吼着。他向后退，想趁势跳过去。

老虎知道那些鳄鱼一直在岸边，他想："只要跳得很远很远，在河中心也许碰不到鳄鱼，这样就可以吃掉那个快死的人。"

可是鳄鱼已经看透了他的心思，一边很快地向河心游去，一边在水底下叫着："离开岸！到河心去，到河心去！"

眨眼工夫，许多鳄鱼都向河心赶去，这时候，正好老虎使劲一跳，掉进水里，起初他没有尝到鳄鱼刺他的滋味，高兴得发疯似的，以为那些鳄鱼都上了当，留在岸边了。

他刚迈出一步，就有什么东西雨点般的刺向他，他感受到仿佛被剑刺的那样痛。原来是鳄鱼争先恐后地刺他的爪，顿时把他拦在了河心。

老虎还想走，但是太痛了，便大吼一声，发疯似的逃回岸上。他侧身躺在沙滩上，实在吃不消了，肚皮一鼓一瘪，好像快要累死的样子。原来，老虎中了鳄鱼的毒。

虽然鳄鱼打败了老虎，他们却一点儿也不放心，都害怕母老虎会来，别的更多的老虎也会来……这样就拦不住他们啦。

果然如此，山里又是一阵吼叫，母老虎来了，她一见侧躺在沙滩上的老虎，真要气疯了。她也看到水被搅浑了，便走到河边，凑近水面，大喝一声："鳄鱼，你们这些鬼东西，我要过去！"

"不许！"鳄鱼回答。

"要是不让我过去，没有一条鳄鱼能保住自己的尾巴！"她叫着。

"没有尾巴也不让你过！"他们回答。

"最后说一次，让我过去！"

"休想！"鳐鱼叫喊着。

母老虎发火了，不自觉地把一只脚伸进水里，一条鳐鱼慢慢地游过去，把整个刺没头没脑地刺进她的脚趾。母老虎痛得直叫唤。那些鳐鱼笑着说："好像我们还有尾巴吧！"

母老虎眉头一皱，计上心来，一声不响地离开那里，

沿着河岸向上游走去。

鳄鱼知道她要耍什么花招了。母老虎的鬼主意是，从别的没有鳄鱼把守的地方过河。鳄鱼顿时紧张得不得了。

"她要从上游过河了！"他们喊着。"我们不能让她害死那个人！我们要保护我们的朋友！"

鳄鱼们在泥浆里急得晕头转向，把河水都搅成泥水了。

"怎么办呀？"他们说，"我们游不快……在那里的鳄鱼发觉她之前，母老虎会过河的。到那时候，拼命也没有用处了！"

他们不知道怎么办好。一条很聪明的小鳄鱼突然说："有了！让鳊鱼去，他们是我们的朋友，比谁都游得快！"

"对！"所有的鳄鱼都喊起来，"叫鳊鱼去吧！"

顿时，声音传了过去。马上就看到八九队鳊鱼，像鱼雷一样向上游驶去，在他们身后的水面上划出一条条波纹。

尽管如此，他们还是没有来得及拦住那只母老虎。母老虎已经下水，正要向那个岛游去。

鳄鱼已经赶到对岸，母老虎一到那儿，他们就扑上去刺她的爪子。母老虎痛得恼火极了，在水里大吼乱跳，把水扑打得雨点似的四处飞溅。鳄鱼还是一刻不停地刺她的脚，拦住她不放。母老虎转过身就向岸边游去，用四只肿得可怕的脚用力一蹬，跳到岸上。这样，她怎么样都不能过去吞掉那个人。

那些鳄鱼也累了，最糟糕的是两只老虎已经站起来回到山里去了。

怎么办呢？他们十分着急，开了很长时间的会议，最后弄明白了，他们说："我们知道什么意思了！他们去找别的老虎，所有的老虎都会来的，都会来的，他们要过河！"

"休想！"见识不多的年轻的鳄鱼都叫喊着。

"嗯，他们会过河的！"年老的鳄鱼都难过地说，"要是来很多老虎，他们总会过去的……我们去跟我们的朋友商量商量吧。"

他们都去看那个人，因为忙于拦住老虎，还没有来得及看他呢。

他流了很多血，一直躺在那儿，但是他还能说话，并能微微地活动。鳄鱼很快告诉了他发生的事，他们怎样拦住了要吃他的老虎。鳄鱼救了他的命，又待他这样好，使这个受伤的人十分感动，便伸出手亲昵地摸摸靠近他的鳝鱼，说："那能有什么办法。要是有很多老虎，他们要过河，就能过来的……"

"他们过不来！"小鳝鱼都说，"你是我们的朋友，他们过不来！"

"嗯，小朋友，他们会过来的！"他低声说，"看来只有一个办法，派一个人到我家里去找温彻斯特自动枪和子弹……但是，在这里我除了鱼之外，没有一个朋友，你们又都不会在陆地上走路……"

"那我们怎么办？"鳝鱼焦急地说。

"噢，对……"那人说，一只手摸摸额角，仿佛记起了什么，"我有个朋友……我家里养过一只小貘[1]，跟我的孩子玩儿……有一天跑回山里来了，我想他住在亚伯比利河这儿……可就不知道他具体在哪儿……"

"我们知道！我们认识他！他的洞在岛的那一头，他跟我们说起过你呢！我们马上派伙伴去找他！"

一条很大的鳊鱼向下游飞快地游去找小貘。这时候，

---

[1] 貘，哺乳动物，外形略像犀牛而矮小，尾短，鼻子突出很长，能自由伸缩。生活在热带密林中，吃嫩枝叶等。——编者注

那个人把手掌上的一滴干了的血溶开当墨，鱼刺当笔，一张叶子当纸，动手写了这封信：

> 请小貘把温彻斯特自动枪和一整包子弹（内有二十五发）带给我。

他刚写完，整个山头被一声霹雳震得直摇晃——老虎来打架了。鳐鱼把头伸出水面，不让带着的信被沾湿，他把信交给了小貘。小貘接过信，在收割过的庄稼地里向那个人的家里跑去。

吼声还远，可是，老虎正飞一般地赶过来，得准备对付他们了。

鳊鱼正在等待命令，鳐鱼叫来他们，大声说："伙计们，加油！快到河里向各处发警报！叫河里的全体鳐鱼准备好，都到岛的周围来！看老虎还能不能过来！"

许多鳊鱼穿来穿去，催促鳐鱼赶快行动。

亚伯比利河中所有的鳐鱼都接到向河岸和岛的周围集中的命令。鳐鱼从石头之间、烂泥里、小河湾里，从亚伯比利河的每个地方蜂拥赶来拦截老虎。在岛的四周，鳊鱼游来游去。

来了，一声巨吼震得岸边的水激荡不息，老虎在岸上出现了。

很多很多老虎，似乎米雪翁地区所有的老虎都来了。亚伯比利河里的鳐鱼闹腾着，他们赶到岸边，准备拼命拦住老虎。

"给我们老虎让路！"

"不让！"鳐鱼回答。

"再说一遍，让我们过去！"

"不行！"

"假如不让，一条鳐鱼也活不成，鳐鱼的儿子也活不成，孙子也活不成！"

"这倒是会的！"鳐鱼回答，"但是，世界上任何一只老虎也别想从这里过去，老虎的儿子也别想，孙子也别想！"

老虎最后吼着："听着，让我们过去！"

"休想！"

一场搏斗开始了。老虎用力跳进水里，扑到鳐鱼的身上。鳐鱼就刺他们的脚，那些受伤的老虎痛得哇哇直叫，在水里疯子似的又是打又是抓，保护着自己。很多鳐鱼的肚子被老虎抓破了，被抛出水面。

亚伯比利河成了血河，鳐鱼成百上千地死去……但是，那些老虎也受了很重的伤，肿得厉害，退到河滩上躺下，在那里哼哼唧唧。那些被抓伤的鳐鱼都不后退，不停地拥上去拦截老虎。有些被扔到空中，一落到水里又立刻向老虎冲去。

这场恶战持续了半个多小时。后来，老虎累得趴在河滩上，痛得直喊爹娘，一只也没能过河。

鳐鱼也累极了，死了很多，那些还活着的说："像这样的进攻，我们抵挡不住两次。叫鳊鱼去搬援兵，叫亚伯比利河里所有的鳐鱼都来！"

鳊鱼又在上游和下游飞快地穿来穿去，他们游得真轻巧，像鱼雷一样，在后面留下了水纹。

这时候鳐鱼又去看那个人了。

"我们抵挡不住啦！"鳐鱼着急地说，有的还哭了呢，因为眼看着不能救他们的朋友了。

那个受伤的人回答："鳐鱼，你们走吧！让我一个人待在这儿！你们已经替我做了许多事情。让老虎过来吧！"

"休想！"鳄鱼异口同声地叫喊着，"我们的亚伯比利河里只要有一条鳄鱼还活着，就要保护救过我们的好人！"

那个受伤的人喊："鳄鱼！我快要死了，连讲话都困难。但是，我向你们保证，温彻斯特自动枪一到，我们就能抵挡很久。这我可以保证！"

"我们知道啦！"鳄鱼热烈地回答。

他们还没有谈完，一场厮杀又要开始了。真的，那些老虎休息好了，一跃而起，弓起背，像人要跳跃的时候的那种姿势，大吼："最后一次，只讲一次，让我们过去！"

"休想！"鳄鱼一边回答，一边向岸边扑去。

老虎跳下水。一场恶战又开始了。整个亚伯比利河的岸上和河里全被染红了，血在河滩上翻着泡沫。被挠死的鳄鱼被抛到空中。老虎痛得嗷嗷叫。但是双方谁也不后退。

不但不退，还前进哩。许多鳊鱼在上游和下游来往如梭地叫着鳄鱼。其实没有必要，因为鳄鱼都来了。他们在岛的周围厮打，有一半已经死了，活着的也都受了伤，没有力气了。

鳄鱼们知道，一分钟也坚持不住了，老虎就要过去了。可怜的鳄鱼，宁死也不肯交出他们的朋友，最后一次向老虎扑去。但是，毫无用处。五只老虎已经向岛游去。鳄鱼都焦急地大叫："到岛那边去！到岛那边去！"

但是，已经晚了，又有两只老虎开始向岛那边游去。转眼间，所有的老虎都游到了河心，只见他们的脑袋露出水面。

这时候，一只红色的毛茸茸的小家伙正用力游着穿过西伯比利河，这就是小貘，他的头上顶着温彻斯特自动枪和子弹，为了不使它们被弄湿。他正向岛那儿游去。

那个人高兴得叫起来，因为他还来得及救鳄鱼。他不能动，便叫小貘用脑袋把他顶起来，让他侧身躺着，接着他以闪电般的速度拿起温彻斯特自动枪。

鳄鱼有的被抓得粉碎，有的被压死，有的浑身血淋淋的。眼看着被打败了，那些老虎要吞掉他们受伤的朋友了。这时候，一声巨响，他们看见那只最前边的已经踏上沙滩的老虎，往高空一跳，倒下死了——他的额头上吃了一枪。

"好！好！"鳄鱼兴奋得发疯似的叫起来，"他有温彻斯特自动枪了，我们得救啦！"

他们高兴得疯狂地把水搅得浑浊不堪。那个人继续开枪，一枪一只，每只老虎倒下去死的时候都大吼一声，那些鳄鱼就用力摇着尾巴欢呼。

一只又一只，好像雷击中了他们的脑袋，老虎都被打死了。仅仅两分钟的时间，老虎一只一只地都沉到河底去了，河底的鱼儿争着吃他们。后来，有的老虎浮到水面，鳊鱼就跟着吃他们，快活地拨动着水，一直跟到巴拉那河。

鳄鱼有很多子女，不久，鳄鱼又像以前一样多了。那个人的伤痊愈了，他十分感激鳄鱼救了他的性命，就搬到那个岛上住下来。夏天的晚上，他喜欢躺在沙滩上，在月亮底下吸烟。那些鳄鱼呢，指着他慢条斯理地向不认识他的鱼说，他们就是跟这个人一起和老虎搏斗了一场。

（吴广孝／译）

懒蜜蜂

〔乌拉圭〕奥拉西奥·基罗加

从前，蜂房里有一只不爱劳动的小蜜蜂。她从一棵树飞到另一棵树忙着采花粉，却不是为了酿蜜，而是给自己吃。所以，她是一只懒蜜蜂。

每天早晨太阳刚一露头，她就从蜂房门探出脑袋，一看是好天气就非常高兴。她先用梳子梳梳头，再像苍蝇那样用爪子洗洗脸，然后就飞出去了。

嗡嗡嗡，她在花丛中飞来飞去，高兴极了。一会儿回蜂房，一会儿又飞出去，就这样匆匆地度过了一天。这时候，其他蜜蜂都在拼命工作，给蜂房装满蜜，因为蜜是初生幼蜂的粮食。

蜜蜂都是很严肃认真的，看到小蜜蜂整天闲逛，就生这个懒姐妹的气了。

蜂房门口总有几个岗哨，不允许别的昆虫进去。这些岗哨都是最有生活经验的老蜜蜂。她们总是从蜂房钻进爬出，腰上的绒毛都被磨光了。

有一天，懒蜜蜂进蜂房的时候，岗哨把她拦住了。她们说："小妹妹，你必须工作，因为全体蜜蜂都得工作。"

懒蜜蜂回答说："我飞了一天，累极了。"

岗哨说："问题不是你累不累了，而是你工作得很少。这是对你的第一次警告。"说完之后就放她进去了。

可是，懒蜜蜂没有改过。因此，第二天下午岗哨又把她拦住了："小妹妹，应当劳动啊！"

懒蜜蜂马上回答："这两天一定开始工作。"

站岗的蜜蜂说："问题不是这两天，而是从明天起就要干活。好好记住吧！"说完又让她进去了。

第二天傍晚，同样的事又发生了。站岗的蜜蜂还没有问，懒蜜蜂就抢先大声说："是的，是的，姐姐们！我记得我的诺言。"

"问题不是你记不记得，"她们回答说，"而是应当劳动。今天是四月十九日，这样吧，最晚到明天，二十日，你起码得采一滴蜜回来。现在，你进去吧。"岗哨闪开路，又让懒蜜蜂过去了。

和前几天一样，四月二十日这天的时间也被懒蜜蜂白白浪费了。不同的是太阳落山时刮起了冷风。懒蜜蜂急忙往回飞，一面想："钻进蜂房该是多么暖和啊！"可是她刚想往蜂房里钻，放哨的蜜蜂就把她拦住，不许她进去。

　　她们冷冷地说："不许进！"

　　懒蜜蜂叫起来："这是我的家，我要进！"

　　放哨的蜜蜂回答："这是善良勤恳的蜜蜂的家。不许懒人进来。"

　　小蜜蜂死皮赖脸地说："明天我一定工作！"

　　那些很懂哲理的蜜蜂回答："不工作的人没有明天。"说着就把她推出去了。

　　懒蜜蜂不知道怎么办才好，又来回转了一会儿。夜深了，四周变得黑乎乎的。她想落在一片树叶上，却掉到地上了，懒蜜蜂冻得直哆嗦，再也飞不动了，只好在地上爬。她爬上小树枝和小石头，又爬下来。这些小东西啊，她觉得跟大山一样。当她爬到蜂房门口时，正好下了一阵冷雨。

　　无依无靠的小蜜蜂喊着："我的天啊！下雨了，我要被冻死了！"

她想进蜂房去。放哨的蜜蜂把她拦住了。

小蜜蜂呻吟着说："饶了我吧，让我进去吧！"

"迟了！"放哨的蜜蜂回答。

"姐姐们，请让我进去吧！我困了！"

"太迟了！"

"姐姐们，我求求你们！我冷啊！"

"不行！"

"最后一次求你们！我要死了！"

这时，放哨的蜜蜂这样回答："不，你不会死的。过了今天晚上你就会懂得，靠劳动得来的休息是什么滋味。你走吧！"她们把懒蜜蜂赶走了。

懒蜜蜂被冻得浑身发抖，翅膀也湿透了，跌跌撞撞地爬着。她爬呀，爬呀，一下子掉进坑里，确切地说是滚进了一个洞里。一直往下滚，她觉得永远不会停下来了，最后总算落到底了。这时，她发现自己掉在一条砖红色绿脊背的毒蛇跟前。蛇正紧紧地盯着她，准备扑上来呢。这个洞，其实是把树挪走以后留下来的大坑，蛇就选中这个地方住上了。

蛇非常爱吃蜜蜂。这小蜜蜂一看见面前的敌人，闭上眼睛喃喃自语："我的生命结束了！这是我最后一次看见太阳了！"

让小蜜蜂奇怪的是，蛇不但没一口吞了她，还跟她聊起天来了。

"小蜜蜂，日子过得好吗？这个时候跑到这里来，你准是不怎么勤快的。"

小蜜蜂喃喃自语："你说的对，我是不愿意劳动。这全怪我自己。"

蛇咝咝叫着，嘲笑她说："我看也是这样嘛。那么，就让世界上少一个像你这样的懒虫吧。小蜜蜂，我要吃你了！"

小蜜蜂吓得浑身发抖，叫起来："不公平啊！这不公平啊！你比我有力气就要吃我，这不公平啊！人类都懂得什么是公平……"

"啊呀呀！啊呀呀！"蛇轻轻扭着身子说，"你还了解人类吗？你相信抢你们蜂蜜的人类更公平吗？大傻瓜！"

小蜜蜂回答："问题不是抢不抢蜂蜜。"

"那是什么呢？"

"是比我们聪明。"蜜蜂这样回答。

蛇放声大笑，说："好了！公平不公平只有天知道。你快准备准备，我就要吃你了。"

蛇向后一缩，就要扑上去。这时小蜜蜂大喊起来："你这样做是因为你不如我聪明！"

"不如你聪明？你这个拖着鼻涕的黄毛小丫头！"蛇嘿嘿冷笑着说。

"就是这样！"小蜜蜂又重复了一遍。

"那么好吧，"蛇说，"咱们走着瞧，试验两次。咱俩都做一件稀奇的事，谁做的事更稀奇，就算谁赢。如果我赢了，我就吃掉你。"

小蜜蜂问："如果我赢了呢？"

"如果你赢了，"她的敌人说，"你就有权在这儿过一夜，直到天亮。你同意吗？"

小蜜蜂回答："同意。"

蛇又哈哈大笑起来，因为她想出了一件小蜜蜂无论如何也想不出的把戏。

没等小蜜蜂弄懂是怎么一回事，一眨眼蛇就爬出去了。一会儿，蛇摘了一颗桉树球果回来。这棵桉树就在蜂房旁边，它总是给蜂房遮阴。孩子们常拿球果当陀螺抽着玩，都叫它"桉树小陀螺"。

蛇说："看我要干什么吧！注意看好了！"

说着，蛇的尾巴十分灵巧地把球果缠上，就跟绳子一样。然后猛地把它松开。陀螺嗡嗡响，转得那个快啊，就跟疯了似的。

蛇十分得意地笑了，因为没有蜜蜂会抽陀螺。

陀螺嗡嗡响，像睡觉打呼噜，最后也跟所有的陀螺一样躺在地上不动了。

这时，小蜜蜂说："你的玩意儿是挺稀奇的，我永远也搞不出来。"

蛇叫喊着："好了，我吃你吧！"

"慢着！我是不能做你刚刚做过的事情，但是，我能做一件谁也办不到的事情。"

"什么事呢？"

"隐身法！"

"什么！"蛇惊奇地跳起来，高声喊，"隐身法？是不离开原地一变就不见了吗？"

"对，是不离开原地。"

"不藏到地里面去吗？"

"不藏到地里面去。"

蛇说："好，变吧！如果变不了，我就马上吃掉你！"

事情原来是这样的：趁陀螺转的时候，小蜜蜂把整个土坑都察看了一遍。她发现一棵小树长在那儿。是小灌木，小得跟野草差不多，长着几片银币那么小的叶子。

小蜜蜂靠近小树，竭力小心不碰它。她说："蛇太太，现在轮到我了。劳您驾，请转过身去数三个数。一数到三，你就开始找我吧，那时我就变没了。"

事情果真是这样。蛇飞快地数完："一、二、三！"，回头一瞧，惊奇得嘴巴张得大大的。小蜜蜂变没了！蛇上下左右都看过，搜查了所有的角落，也搜查了小树，用舌头把什么都探索了一阵。白费工夫！小蜜蜂变没了！这时候蛇才明白，他的陀螺虽然稀奇，小蜜蜂的"隐身法"更稀奇。她怎么变的呢？能藏到哪儿去呢？实在没有办法猜出来！

最后，蛇喊起来："好了！就算我输了！你在哪儿呢？"

这时从坑底传来几乎听不清的声音——这是小蜜蜂的声音。她问："你不会把我怎么着吧？你能对我发誓吗？"

蛇回答："能，我向你发誓。你在哪儿呢？"

"在这儿呢。"小蜜蜂意外地从一片合起来的叶子里爬出来。

这是怎么一回事呢？其实非常简单：蜜蜂隐身的那棵小树是含羞草。在布宜诺斯艾利斯 [1]，这种草是很多

---

[1] 布宜诺斯艾利斯，阿根廷的首都和最大城市。——编者注

的。只要轻轻一碰，它的叶子就会合起来。这种奇遇也会发生在米雪翁，在那里树木长得很茂盛，含羞草的叶子也长得很大。就这样，小蜜蜂一碰，叶子就合起来，正好把她藏得严严实实。

蛇没有能力发现这个现象，可是小蜜蜂却早看在眼里。这次小蜜蜂就是利用它救了自己。

蛇一句话也不讲，但是，她对自己的失败很恼火。这样，一夜之中小蜜蜂不得不多次提醒她的敌人，叫她记住许下的诺言。

这夜是那么长，好像没有尽头似的。外面又下起了倾盆大雨，雨水像小河一样流进洞里。她们俩紧靠着墙，站在高处。

天很冷，洞里黑乎乎的。蛇每时每刻都想扑向蜜蜂。小蜜蜂呢，总以为自己要一命呜呼了。她从来没有想到，黑夜会这么长、这么冷、这么可怕。回想起从前的日子，每晚都睡在暖乎乎的蜂窝，她悄悄地哭了。天亮了，太阳升起来，天也晴了。小蜜蜂飞出黑洞。她来到大家共同努力建造的蜂房门口，又悄悄地流下了眼泪。站岗的蜜蜂什么也没有说，就叫她进去了。她们十分明白，既然她回来了，那么她再也不会是个懒蜜蜂了。要知道，仅仅一夜，生活就给她上了严厉的一课。

真是这样，从此以后，谁也没有她采的花粉、酿的蜜多。

秋天到了，她的死期也到了。在临死之前还来得及给身边的小蜜蜂上一课，她说道："不是小聪明，而是劳动使我们这样有力量。我只耍过一次小聪明，那是为了救自己的命。假如我以前跟大家一样勤勤恳恳地劳动，也就用不着耍那次小聪明了。从前，我从东飞到西，从西飞到东，就好像在工作似的，累得要命，实际上没有一点儿责任心。那天晚上以后，我才有了啊。伙伴们，工作吧！你们要知道，我们劳动的目的就是为了使所有的人更幸福。这比一个人为了自己忙忙碌碌闲逛强多了。我看，人们把这叫作理想是有道理的。"

（吴广孝／译）

巨人与矮人

〔法国〕让-弗朗索瓦·梅纳尔

从前有兄弟两个。哥哥叫菲尔，身材高大，高得出奇。弟弟叫乌昂，身材矮小，小得可怜。菲尔很坏，坏透了。乌昂很好，好极了。

"快走，"菲尔说，"你怎么老在后面磨蹭！"

"你走得太快了，"乌昂说，"看你的腿多长啊！"

"我呀，我不是个矮人！"菲尔辩解说。

"坏蛋！我长得矮也不是我的过错！"

"我长得高难道就是我的过错吗？"

"当然不是，但是你完全可以走得慢一点儿，对你来说，这是很容易做到的，可是我已经不能再快了。"

"那你就跑嘛！"

说着，菲尔越发加快了步子，迫使他弟弟不得不跑着追他。在村子里的大街上，行人们好奇地看着菲尔在前面大步流星地走着，而他弟弟却在后面气喘吁吁地拼命追赶，极力想缩短自己和哥哥之间的距离，但是白费力气！

"瞧，"菲尔转身对乌昂说，"连街头的农民都讥笑你！唉，我有这么一个愚蠢的弟弟是多么不幸啊！"

"我并不愚蠢！"乌昂抗议道。

"你是又小又蠢！"

于是，乌昂哭了起来。每当他哥哥声色俱厉地跟他讲话时，他的眼泪总是情不自禁地往外流。

"别再装哭了，蠢货！你看我哭过吗？"

"坏蛋怎么会哭呢？"乌昂呜呜咽咽地说，"他们都是些没有心肝的人！"

菲尔在一扇大门前停了下来，这扇门通向一个种满椴树和杨树的花园。一条宽阔的石子路通向一幢四层楼的房子。房子外观富丽堂皇，墙壁上还零零散散地爬着一些常春藤。这就是波斯杜缪先生的事务所。波斯杜缪先生是多尔多尼[1]地区的一个名为圣·儒斯坎·勒·普

---

[1] 多尔多尼，法国河流名，流经葡萄酒产地波尔多。——编者注

利叶雷小村的公证人。玛格丽特·得·赛施特丽克小姐从生到死，即六十六年四个月十二天一直都住在这里。她是一位平凡而孤独的人物，出身的家族隶属菲尔和乌昂家族的一支，因而便成了兄弟俩的一门远亲，除此之外，就没有多少东西可介绍的了。玛格丽特已于一星期前去世，在留给公证人波斯杜缪的一份遗嘱上，菲尔和乌昂被指定为她的全部财产的继承人。

菲尔按了按门铃。脸上泪迹未干的乌昂终于上气不接下气地赶了上来。恰在这时，一个身穿粗布衣服的仆人出来打开了金属装饰的沉重的木制大门。

八枚金币放在了公证人的办公桌上。

"瞧，"波斯杜缪先生说，"这八枚金币是你们亲戚的全部财产，从今以后就属于你们的了。"

"什么！我们跑这么远的路，难道就是为了这八枚可怜的金币？"菲尔气愤地喊叫起来。

"赛施特丽克小姐的财产很少，"公证人一本正经地说，"有这八枚金币总比什么也没有强。"

"而尤为重要的是，"乌昂说，"我们的姑母把这些金币遗赠给我们，证明她对我们怀有真挚的感情。"

"这个老太婆的感情管屁用！"菲尔大声嚷嚷着，"我们专程从首都来到这个鬼地方，难道就是为了这么几枚刚能够填补我们旅费的金币？"

听到别人称自己的故乡为"鬼地方"，公证人十分恼火，他严肃地戴上了他的夹鼻眼镜。

"不管怎么说，先生们，"他冷冷地说，"我的任务已经完成，别的主顾还在等着我呢。"

"那太好了，我压根儿也不想再在这里多耽搁了。"菲尔以同样的语气反驳说。

说罢，他把八枚金币往口袋里一塞，飞快地离开了公证人的办公室。乌昂赶紧追了出去，对于哥哥的无礼举动，他甚至来不及向公证人表示歉意。

菲尔和乌昂出了村子，在通向火车站的大路上走着。乌昂像往常一样，在哥哥后面一溜小跑，极力不让他把自己甩得太远。

"才八枚金币！"菲尔低声抱怨说，"老太婆，见鬼去吧！"

"这样说话很不好，"乌昂说，"我们的亲戚很喜欢我们。我呀，每当欣赏我那四枚金币时，我都会思念她，她将永远铭刻在我的心中。"

"四枚？你以为我会给你四枚吗？"

"当然了，菲尔，这是我应得的呀。"

"哈哈，给！这是你的份！"

说着，菲尔头也不回地把一枚金币从肩膀上方朝他的弟弟扔去。乌昂小心翼翼地拾起了金币，用衣服里衬擦了擦，它又恢复了本来的光泽。

"可是菲尔，"乌昂结结巴巴地说，"八除以二不等于四吗？"

"住口！"菲尔打断了他的话。

乌昂果然不再言语了，每当他哥哥提高嗓门儿跟他嚷嚷时，他是从不敢回嘴的。于是，兄弟俩继续默默地向前赶路。刚走出去不远，只见一个年老的乞丐正蹲在路边伸手行乞。菲尔大摇大摆地走了过去，显出不屑一顾的神情。当他急急忙忙奔向火车站的时候，落在他后面几米远的乌昂却在老人面前停下了脚步。老人显得疲惫不堪，乌昂见了，不由得心潮翻滚。每当看到种种贫困的现象，他总感到无限忧伤。

"您的脸色多苍白呀……"他喃喃地说。

"三天多了，我连点儿面包渣儿也没见过。"老人有气无力地说。

"三天了？多可怜呀！"

乌昂的手本能地在自己的口袋里掏着，他没有摸到别的东西，只摸到他刚刚继承来的那枚金币，于是毫不犹豫地给了乞丐。

菲尔转过身子，发现弟弟没有跟上来。

"喂，你为什么待在后面不走啊？"他喊道。

"那是你的朋友吗？"乞丐惊奇地问。

"他是我的哥哥。"乌昂十分尴尬地回答。

"多么奇怪呀！你是这样的仁慈，而他却是那样地蔑视别人，甚至都不屑瞧我一眼。再说，这身量上的差异……"

"是的，"乌昂耷拉着脑袋说，"我长得很矮，非常矮……"

"噢，"老人惊叫起来，"假如你的身材同你的慷慨无私程度一样高的话，那你一定会高过他好几头！"

菲尔气急败坏，返身回来。

"喂，"他暴跳如雷地说，"你不跟着我，却同这个乞丐泡在一起，这不是白白浪费时间吗？"

"你这么好，而你的哥哥却那么坏，真是不幸得很啊！"老人评价道。

"你胡说些什么，老糊涂。"菲尔抢白说。然后又转过身来冲着乌昂喊道，"走吧，侏儒，赶路吧！"他粗野地命令着。

这时，菲尔看到老人手里拿着一枚金币。

"我担保，他的金币，一定是从你这儿偷的！"

"是我给他的。"乌昂说。

"你把金币给了这个乞丐？那我非把它再要回来不可！"

说着，他蛮横地一把抓住老人的手，企图抢那枚金币。可是金币突然不见了。

"快还我这枚金币！"菲尔命令道，"你藏到哪里去啦？"

"在这儿。"老人说。

金币在他另一只手里出现了。菲尔刚想去抢，他还没来得及下手，金币又无影无踪了。

"你觉得好玩吗，老家伙？"菲尔抓住老人的胳膊扭起来。

"住手！"乌昂抗议道，"你太不像话了！"

"松开我的胳膊，"乞丐呻吟道，"金币在那儿。"

他朝马路中间指了指。沥青路面上果然有枚金币。菲尔松开老人，刚去捡钱，可就在他弯腰的瞬间，金币又不翼而飞了。菲尔转身去看乞丐，只见他正悠闲自得地让金币在手中滚来滚去。

"这是魔法！"菲尔惊叫起来。

"对，因为我是魔法师，"老人泰然自若地说。

菲尔逼近了他。

"管你是不是魔法师，反正我得要回这枚金币！"他断然说道。

"你没有这个权利！"乌昂义愤填膺，站在老人前面阻止他哥哥前来抢钱。但是菲尔猛地一推，乌昂倒在了地上。

"无耻！"乌昂嚷道，"假如我也像你一样高大有力，你就不敢这么对待我了！"

"可现在，你矮小无力，没有一点儿办法！"

"不见得……"老人插进来说。

"你不要胡言乱语！"菲尔骂道。

菲尔使劲地抓住乞丐的肩膀。可是不一会儿，他突然感到一阵剧痛，好像什么东西烫了他的手心似的。他嚎叫起来，向后退了一步。

"够了！"老人厉声说道，"现在该让我安静一会儿了。"

菲尔看了看他这只手，手心上有一块很深的烫伤的痕迹。乞丐站起来，突然显得特别健壮、灵活。他向乌昂走去。

"我想报答你的好意，"他说，"从今以后，你每做一件好事，你的身量就会长高一截。你的行为越慷慨，长得也就越快。至于你吗，"他转向由于手疼而不敢动弹的菲尔继续说，"你的恶劣行径应受到比一块简单的烫伤更为严厉的惩罚。今后，你每做一件坏事，你的个子就会矮一截，这同你所做坏事的严重程度是成正比的。"

说完后，老人消失在通向森林深处的道路上。

乌昂住在城郊的一幢房子的阁楼上。菲尔在市中心经商。下火车以后，菲尔匆匆忙忙地赶回他的店铺，连句告别的话都没跟弟弟说，因为在他看来，弟弟是他被烫伤的罪魁祸首。乌昂并不急于回去。他沿街闲逛，反复琢磨着魔法师所说的话，希望自己变得高大。如果真能那样，他就再也用不着怕哥哥了，谁也不敢再嘲弄他是侏儒了。但是这一切可能吗？当然，魔法师已经显示了他的能力，然而他能这样远距离影响并改变另一个人的身高吗？对于一个生来就很矮小的人来说，怎么敢相信会轻而易举地长高呢？乌昂突然感到自己的希望已经破灭了。不，更确切地说，应该正视现实——他的身材将永远是矮小的。

菲尔从事旧货生意不久。他廉价买进各类小玩意儿，诸如生锈的小摆钟，雕刻粗糙的木匣子，变黄的版画等。他打算倒手卖给一些人，这些人想通过一些最不起眼的破旧的东西来发现过去时代的惊人遗迹。然而顾客少得可怜，入不敷出。一上午几个钟头过去了，菲尔依然坐在柜台后面，一边等客上门，一边想着那个魔法师。尽管一剂药膏就治好了烫伤，但是他手上却留下了一块淡红色的伤疤。一看到它，他就想诅咒那个乞丐。然而，菲尔绝不会轻易上当受骗。

菲尔心想："魔法？开玩笑！不过那枚没有抢到手的金币……啊……纯粹是变戏法，毫无疑问……可是这烫伤……这个老家伙也许只是在胳肢窝下面藏着个与电池组相连接的电阻系统……是的，是这样，肯定是这样！一个魔法师！自己让一个魔法师给愚弄了！回想起来，还真有点儿不安呢！难道就该那么笨吗？"

菲尔放声大笑，起身在店里踱了几步。他现在感到完全放心了。由于他把手插在口袋里，所以手指碰到了他还没来得及细看的那七枚金币。他下意识地掏出一枚仔细看了看，思索了一下，突然向后面的房间跑去。一如既往，他又碰到了门框上，因为门洞太低，他不低头是过不去的。这一次他竟然连句粗话都没说，急忙来到修理工具的工作台前。他的想法很简单：这些金币具有一定的价值，只需把它们做成吸引人的玩意儿，就可以卖一笔大钱！

就这样，两个小时以后，七枚金币就变成了长项链、手镯和首饰别针，装饰着商店的玻璃橱窗。这些东西装配马虎，工艺粗糙。但是，加上一块黑缎衬底，这七件不值钱的小玩意儿，如果不细看，倒还别有一番风味呢。

刚刚摆上还不到五分钟，就有一位女主顾进店，问这些可爱的小玩意儿当中一件的价钱。菲尔说了个十分惊人的数字,这数字远远超过这件东西真正价格的十倍。女主顾丝毫也没感到惊讶,把钱放到柜台上,拿起东西得意扬扬地走了。

只用了一个小时,这些小玩意儿就都被卖光了。厚厚的一沓钞票堆放在钱柜里。

"瞧,"菲尔想,"只要高价出售手头现有的便宜货,让顾客们相信这些商品是奇珍异宝,就能发财致富。"

事实上,他的推理——虽然伦理并没有在他那儿找到位置——不是没有道理。因为一般说来,一件商品越是无用,越是昂贵,买主越是相信自己买了一件了不起的东西。

"花这么多钱买这些可怜的首饰,"菲尔想,"难道不是傻瓜吗?"

他得意扬扬,转身回到后面的房间去制作新的小玩意儿,准备卖更高的价钱。但是在过作坊的门洞时,菲尔没有低头就过去了,对此他并没有在意。

乌昂住的那幢房子位于河边,附近有一座宽阔的大桥横跨河的两岸。下午过去了,乌昂在市区的大街上逛了一会儿之后,就往家里走。每逢走到桥上,他总是喜欢观赏一下满载砂石的驳船沿着河岸缓缓而行。今天这个时候已不见驳船,只有一条拖轮正在较远的地方作业。乌昂停住脚步,凝视着拖轮的运行。突然,河堤上什么东西落水了,接着一个女人喊叫起来。乌昂迅速转过头,看到在他下方几米深的地方,一个孩子被卷进了激流,正在拼命挣扎。

"糟了!他会淹死的!"一个人喊。

乌昂毫不犹豫地跳进河里。不一会儿,当他双手托着脱险的孩子离开水面时,河堤上已聚集了不少人。母亲给自己的孩子披上一件大衣,把他紧紧地搂在怀里。这时,勇敢的营救者受到了现场目睹者的礼遇。可是,猛然间,从看热闹的人群中爆发出一阵响亮的笑声。人们用手指着乌昂放声大笑,就连那个不懂事的孩子和他的妈妈也跟着众人笑个不停。

"啊,"乌昂忧郁地想,"不管我干什么,人们都嘲弄我。真的,我的命运可真苦啊!"

"如果您感兴趣的话,"一个男人走到乌昂身边说,"我是个裁缝,我可以向您担保,我做的衣服洗了以后是绝不会缩水的。"

众人越发笑得厉害，乌昂气愤极了。随后他瞧了瞧自己的衣服，这才恍然大悟：原来，裤腿刚到他的小腿肚子，上衣袖子也短多了，半截胳臂都露在了外面。

"啊呀！我长高了！"乌昂惊叫起来。

果然如此，乌昂这时已经够到围着他看热闹的人的肩膀了。以前，就是踮起脚尖也达不到这个高度。

"我长高了！"他重复说道，眼睛里放射出喜悦的光芒，"我长高了！魔法师说的话应验了！"

在行人们惊奇的目光下，他竟然在河堤上欢呼雀跃起来。

"勇敢肯定是勇敢，但神经却有点儿错乱。"一个人评论道。

然而乌昂对别人怎么评论他，一点儿也不放在心上。他敏捷地蹦跳着离开了人群。不管别人愿不愿听，逢人便没完没了地说："我长高了！魔法师的话应验了！"

几个月过去了。在这段时间里，每逢情势需要，乌昂都见义勇为。因此他长高了许多。他长得太高大了，以至于在自己的屋子里根本就直立不起来，他身体的高度已超过了天花板的高度。起初他对于自己身材的这种不可抗拒的增高还感到很幸运，可是目前这样却使他十分不安了。既然他不愿意放弃任何一次做好事的机会——善良和他分不开了，那么这也就意味着他将无止境地往高里长。然而，还没听说过，一个巨人的生活会比一个侏儒的生活更令人愉快。

至于菲尔，为了使生意兴隆，他继续低价买进，高价卖出，这占去了他的全部精力。这种做法使他大发横财，他把自己铺子所在的那条街上的全部房屋都搞到自己手里了。他又把每套房间高价租出，迫使那些贫寒的家庭为支付租金疲于奔命，最终也难免倾家荡产。每当房客延期交付房租时，菲尔总是立即派人前去，在最短的期限内把他们赶出门去。就这样，菲尔发了大财。但是他的身材却因此大大受了损害。他果然变得矮小，而且是极其矮小，甚至比他弟弟没有碰上魔法师以前还要矮小。

"啊，"当菲尔头一次发现自己变矮了一些的时候说，"我是那么高大，失去几厘米又算得了什么？"

后来，虽然看到自己身材越来越矮小的命运已无法挽回，但他利欲熏心，发现自己的财富在成反比地增加，因此对这种矮小的身材也就心安理得了。于是他更变本加厉地损害别人，只顾自己发财致富。

他雇用了一个仆人。这仆人名叫埃克托尔，其使命就是把他的主人托在一个盘子上，因为，现在的菲尔是那么轻，那么小，即使埃克托尔把他放在他的大手心里托着也可以。这个盘子对菲尔来说就是一个广阔的天地了。他让人在盘子里摆上了与他身材相称的家具，这盘

子就变成了一个名副其实的流动小客厅。主人想去哪儿，埃克托尔就把他托到哪儿。

"埃克托尔，"菲尔命令道，"回家！""埃克托尔，回店铺去！""埃克托尔，把盘子端平！""你让我头晕了，埃克托尔！别走这么快，风在我耳边呼呼直叫！""埃克托尔，我饿了！""埃克托尔，今天我赚了多少钱？"

仆人很想把他的主人扔到某个臭水沟里，但不断增长的工资让他能够再稍微忍耐一段时间。由于菲尔很少活动，所以已经长得膘肥体壮。他这么一个小矮人却挺着一个大肚皮，这肚皮与其身高相比未免显得太大了。他真的成了最丑陋的人。

然而有一天，菲尔也想消遣一下。他听说剧院正在上演一出非常滑稽可笑的喜剧，他决定去看看。他租了一个包厢，让埃克托尔把他端去，并命令埃克托尔手托盘子站在包厢里，好让他看得更清楚些。

戏开演了。直到演到第一幕中间，有一位年轻的女主角上台时，菲尔才有些开心。渐渐地，某种奇迹产生了。看见女主角的时候，菲尔方感到自己还有颗心在跳动，于是当场就狂热地爱上了她。

菲尔的鉴赏力并不坏。喜剧女演员长得很迷人，她的美貌吸引了那些最无情无义的人的注意力。转瞬间，他对什么样的工艺制作都觉得乏味了，心里只有这个年轻的女人。

当幕落下之后，他拼命鼓掌，但由于他的双手小得可怜，所以没有产生多大效果。

年轻的女演员名叫伊莎贝尔·德·圣柯。菲尔派人给她送去一束名贵艳丽的鲜花和一封对她表示倾心仰慕的信。第二天，仍由埃克托尔托着，他又去戏院在同一个包厢里看戏。爱情折磨着他，使他无法自拔。如果他再不去同那位年轻女子攀谈，简直连一天也活不下去了。于是他命令埃克托尔，幕一落下就托他到后台去。

"请进，"当埃克托尔敲了化妆室的门以后，伊莎贝尔·德·圣柯说。

年轻女子正坐在小梳妆台前卸妆。训练有素的仆人进来后向女演员介绍了站在盘子里的主人。

"这是什么？"她惊讶地指着小人说。

"小姐，我冒昧地……"菲尔腼腆地开口说，"来向您表示……"

"怎么，这玩意儿还会说话！"伊莎贝尔打断他说的话，这时仆人勉强忍住了笑声。

"我……是我……总之，那一束花……"菲尔嗓子眼儿发干，很难清楚地表达自己的意思。

"这么说那束漂亮的鲜花是您送给我的了？"年轻女子说，"我现在才明白您为什么不自己送来。对您来说，那确实是太重了。"

菲尔脸上露出了尴尬的微笑。

"是的，"菲尔略感耻辱地低声说，"这段时间以来我是有点儿矮……"

"矮？"伊莎贝尔露出了同样的微笑，"我曾经碰到过一些矮人，但像您这么小的人，我还从未见过。"

"有可能，但是我很富有！"菲尔一本正经地辩解说。

"这我很高兴。"伊莎贝尔说。

"我十分富有，不管您要什么，对我来说都不算昂贵。"

"太好了，不过这与我有什么关系呢？"

"我爱您。"菲尔怔了片刻，终于坦白地说道。

"您爱我？"年轻女子瞪着一双惊愕的大眼睛瞧着他。

"我爱您。我最大的幸福就是娶您为妻。"

伊莎贝尔对他这突如其来的冲动感到非常震惊，她简直都有些喘不过气来了。

"娶我，您？"她恶心得叫喊起来，"可是我要这么个丈夫干什么呢？我随时都有可能把他踩死或是看着他掉进耗子洞去。"

"但是您将拥有我的财产……"

"您的财产与我有什么关系？为了几根金条而成为最小的侏儒的妻子，那真是荒唐透顶！"

伊莎贝尔起身打开化妆室的门，向后台的人们嚷道："你们都来看啊，来看看这位想娶我的人吧！"

说着，她把可怜的菲尔指给该团其他演员们看。菲尔受到凌辱，耷拉着脑袋，紧握双拳。人们在菲尔周围挤来挤去，不时发出笑声，不断用最使人感到耻辱的语言对他进行冷嘲热讽。

埃克托尔好不容易才保持住严肃的态度。

就这样，菲尔遭到了拒绝。当他的仆人把他端回家的时候，他恼恨得竟然号啕大哭起来。

"愚蠢的魔法师！"他想，"要不是你，我将永远是高大的。世界上最出色的美人也决不会拒绝我的爱情。啊，要是我能恢复原来的身材就好了！"

正当菲尔喋喋不休地抱怨自己的命运的时候，街角上空突然出现了一只大皮鞋，险些把主仆二人踩死。菲尔举目仰望，在这只皮鞋上方很高很高的地方竟是他弟弟乌昂的面孔。乌昂的身材高大得出奇，即使一个身材正常的人与之相比，也会显得渺小。

"哎呀，活见鬼！这不是乌昂吗？"菲尔惊叫起来。

乌昂弯腰低头，发现他哥哥正在盘子上指手画脚。

"菲尔！哎呀！你怎么变得这么矮小？"

"唉，我太不幸了，"菲尔悲叹道，"可你又怎么会长这么高呢？"

"唉，"乌昂叹息道，"我多么怀恋我身材矮小的那段时间呀！"

兄弟俩在一起唉声叹气，一个断言，侏儒的状况最糟。另一个坚信，没有比巨人的生活更痛苦的了。

"唉，唉！"乌昂连声叹道，"要是我能再变小就好了！"

"哎，哎！"菲尔反驳道，"只要能长高，我什么都豁出去了！"

埃克托尔无动于衷，默默地倾听着哥俩的谈话。

"但是,告诉我,"菲尔问,"你是做好事才长高的吗？"

"是啊，可我却没有得到好报。"

"那么,"菲尔又说,"如果我变好了,或许也能长高吧？"

"可能会的。"乌昂说。

"而你呢，为了变小，只要做坏事就行了。"

"我怎么能变坏呢？我厌恶邪恶。"

"在这种情况下，让我们两个合作吧，"菲尔提议，"你做坏事，而我呢，则去弥补你干坏事所造成的恶果，对于那些被你损害的人，我要慷慨相助。瞧，"他指着一个正在远处散步的老太太说，"瞧那边那个女人，她那只袋子里装的肯定是钱。你去抢她的钱，我将给你的受害者一些金币，要比她损失的多一倍。"

"去抢？我决不干这种事！"乌昂愤慨地说。

"如果这样，你将永远是一个巨人。至于我，没有你的帮助也能做好事，我仍然会长高的。"

这番话真值得好好想一想。其实，抢点儿东西之后马上加倍地补偿，也不算干了多大的坏事。

"好吧，"乌昂同意了，"那就试试看吧，不过这使我很难受。"

"这样散我的钱财，你以为我就不难受吗？"

于是，乌昂走近老太太，但他总是跟在后边，不敢去做他从内心深处感到厌恶的事情。菲尔在马路的另一侧等得不耐烦了，打手势让他快点儿下手。乌昂顺从了，他闭上眼睛，深深地呼吸了几下，随后，往前一蹿，追上了老太太，猛地一拽，就把她的钱袋抢过来了。等到老太太明白过来时，乌昂已经跑远了。

"救人啊！"老太太大声嚷叫着，"抓小偷！那是我的积蓄呀！"

菲尔由埃克托尔端着马上跑过来了。

"我都看见了，"他说，"啊，坏蛋！"

"我的天！"老太太叫苦连天，"这袋子里装着我的全部财产。唉，我只有去寻死了！"

"不要这样，夫人，"菲尔装腔作势地喊着，"千万别去寻死，我有钱，非常有钱，对于别人的不幸我总感到十分痛苦。所以请允许我补偿您所受到的损失。埃克托尔，"他命令道，"把我的钱袋给夫人。"

仆人执行了命令，交给了老太太一袋金币。

"噢，先生，"老太太惊叫起来，"可这比我袋子里的多得多啊！保佑您，我的上帝！"

"不必谢我，"菲尔说，"这没有什么了不起。"

"您真是太好了！知道当今世上还有您这样的好人，真是令人宽慰！"

老太太感触万分，无比激动，这也深深地打动了菲尔的心。

"我的天，"他想，"以前我一点儿也不晓得做好事这么惬意，而且并不需要花费多大代价。再说，几枚金币对我这样的人来说又算得了什么！"

菲尔向老太太告别，这是他第一次体会到为他人带来幸福之后的愉悦心情。

在以后的日子里，乌昂尽管有顾虑，但也干了不少坏事。他有时放火烧厂房，有时践踏穷苦农民的庄稼，有时把偷窃得来的巨款赶紧扔到河里，有时手里甚至还保留着他偷来的使他厌恶的东西。而每次出事之后，菲尔都立即赶到现场，加倍赔偿他弟弟的受害者的损失。他是那么慷慨，以至于一个月后，他已是身无分文，他的财产全部都用来补偿乌昂所干的坏事了。菲尔越是帮助别人补救不幸，越是喜欢见义勇为，他的身材也就越来越高大。目前他已不需要埃克托尔的伺候，后者已经辞职，因为菲尔对埃克托尔来说已太沉了。乌昂也明显变小了，不再比他哥哥高了。这么一来，兄弟俩就都成了中等身材了。

有了体面的身材后，菲尔又跑到伊莎贝尔所在的戏院，戏一散场便匆匆忙忙到她的化妆室去见她。年轻女子起初一点儿也没认出他来。

"请回忆一下，"菲尔说，"当我一个月以前来见您的时候，我长得很矮，非常矮。"

"天啊！有钱的侏儒！可是您又怎么能长得这么高呢？"

"说来话长，不过，不管怎么样，我总是爱您的。"

"那您还坚持要娶我吗？"

"比任何时候都想。您现在该同意了吧？"

年轻女子娇媚地瞧着他。

"您会为我安排舒适的旅行吗？"她问，"给我买首饰吗？"

"这个……"

“这个什么？”

“舒适的旅行和首饰都要花很多钱的。”

“您不是很富有吗？”

“唉，我不再富有了……”

“什么？！那您的财产哪里去了？”

“被风刮走了。”

“怎么？”年轻女子气愤地说，“您身无分文，还想娶我？”

“可我现在长高了呀……”

“假如您只是个穷光蛋，那您的身材与我又有什么关系？永别了，先生，到别的地方去讨老婆吧！”

说着，伊莎贝尔·德·圣柯把她的客人赶出了门外。

菲尔垂头丧气，到广场中心公园去找他的弟弟。他们曾约定在那儿会面。

“我活得太孤单了，”菲尔叹息道，“我所爱的女人根本不想要我。至于继续做好事，我看再也甭想了，因为我不再拥有什么财产了。”

“唉，”乌昂叫苦道，“为了使我的身材正常，我被迫作恶，今后我可不能再表示慷慨了，不然又该无限制地长高了。"

"该死的魔法师！"菲尔骂道。

"你说的对，该死的魔法师！"乌昂重复道。

"他的过错导致了我们两个的不幸。"

"是的，他的过错，确实是这样！"

"你们真是太愚蠢了。"他们背后一个声音说。

他们转过身去。只见魔法师站在他们坐的凳子旁边。

"你真该死，你是我们所做的全部坏事的根源！"菲尔嚷道。

"是的，你真该死！"乌昂重复道。

"你们所说的坏事实际上都是大好事。这一点儿只有瞎子才会否认。"魔法师说。

"大好事，你真会开玩笑，"菲尔冷笑着说，"我失恋了……"

"失掉这样的爱情你该感到高兴才对，"魔法师反驳说，"因为，如果这个女人在你是侏儒的时候嘲笑你的矮小，那说明她很残忍。如果她嫌你贫穷而拒绝嫁你，那说明她很贪财。"

"好吧，"菲尔承认他说的有道理，"可是现在我身无分文，再也不能像最近我喜欢做的那样减轻穷苦人的苦难了。"

"难道非得有钱才能帮助他人吗？你弟弟过去这样做也没需要钱，那时他的表现不也很好吗？"

"过去我很好"，乌昂说，"可是由于你，魔法师，我不得不去作恶。"

"实际上你并没有作恶，因为你的那些受害者从你哥哥那儿得到的钱财比他们失去的要多得多。再说，多亏了你做坏事，你哥哥才体验到助人为乐的愉快。而且，既然你已长高，那任何人也不会再嘲弄你了，你也就赢得了你以前所缺乏的自信心。因此，一切都正常了，从今以后你们的身材再也不会变了。你俩要团结起来，兄弟俩团结是很有必要的。不论你们活多久,都要继续做好事。"

这一席话说完，魔法师不见了。兄弟俩在一起仔细回味着他的话。

"他说的一点儿不错。"过了一会儿菲尔说。

"确实，他的话很明智。"乌昂赞同地说。

"让我们团结起来吧，弟弟。"菲尔提议。

"让我们继续做好事吧。"乌昂补充道。

于是，他们弟兄俩步调一致地走了。他们是在不断地帮助不幸的人的过程中度过一生的。他们的仁慈善良到处被人引为榜样。他们去世之后，人们将他俩安葬在一起，墓志铭是这样写的：

> 他们到处行善，
>
> 跑遍了所有的城乡，
>
> 一个名为菲尔，
>
> 另一个叫乌昂。

（李忆民　陈积盛／译）

让-弗朗索瓦·梅纳尔，法国作家，生卒不详。他的作品常于奇异的幻想情节中流露出对人生哲学的深切思考，让人在阅读之余回味无穷。代表作品有《公主与猪》《偷帽子的人》《上帝从那里经过》《天神之岛》等。

126

王子恩仇记

〔法国〕拉布拉耶

1. 漂亮的王子

很久以前，有一个国泰民安的"荒草王国"。国王有一个儿子，十分有才，国王打心里喜欢他。他有白嫩的脸蛋，蓝色的眼睛，高高的鼻梁和一张樱桃小口，再加上美丽的卷发垂落双肩，金光闪闪，真称得上是世界上最美的孩子了。小家伙刚刚八岁，就能骑能射，善歌善舞。有人管他叫"沙尔曼"（就是漂亮的王子的意思），这个名字很快就传开了。

沙尔曼才华出众，可是常言道：太阳本身还有黑子，王子当然也有他的缺陷了。

沙尔曼异想天开，想不通过勤奋的学习，就能知道天下的一切。他周围的那些家庭女教师、宫女以及奴仆们常常跟他说，当国王的根本用不着学习，作为一个王子天生就知道许多事情。所以，到了十二岁，他连字母都不会念。三个教师——一个神甫、一个哲学家，还有一个将军——轮流教他认字，想尽了一切办法，用尽了九牛二虎之力，结果还是瞎子点灯白费蜡。沙尔曼仍是斗大的字不识。

2. 巴莎小姐

国王倒是个明白人，沙尔曼的无知，成了他的一块心病。可是有什么办法呢？他又能把他的心肝宝贝怎么样呢？

国王每天下朝以后，都要到科斯特洛侯爵夫人家里待一阵子，因为现在只剩下这位老夫人还能回忆起国王的童年和青年时代的事情。这位老夫人已经变得很难看，却仍有些魅力。不难看出，当年妙龄的她一定是很有风韵的。

慢慢地，沙尔曼糊涂得更厉害了。国王眼睁睁地看着，心里焦急万分，没别的法子，他就找侯爵夫人去了。

"侯爵夫人，"国王大声嚷道，"您看我成了世上最不幸的父亲和最不幸的国王了。沙尔曼虽然秉性聪明，可他变得一天比一天糊涂了。老天爷！我怎么能给一个傻瓜加冕，把我的人民的幸福寄托在这样一个人身上呢？"

"上天往往就是这样安排的，"侯爵夫人回答说，"懒惰往往和美丽并行，聪明往往和丑陋难分。不信，我家就有这样一个例子。前几天，我侄女到我这儿来了。她长得又瘦又丑，只有十岁，却比猴子还聪明，比书本还博学。陛下，您看，这不是来了，她问候您来了。"

国王转过脸来一看，果然发现一个小女孩。只见她披头散发，黑眼珠子一瞪像个野人，褐色的皮肤十分粗糙，龇着长长的大龅牙，两只手也是红通通的，真是丑得不能再丑了。

女孩走近国王，向他行了个屈膝礼。国王看她那一本正经的样子，不禁笑了。

"你叫什么名字啊？"国王捏着她的下巴问。

"陛下，"她严肃认真地回答，"我叫朵娜·朵罗罕斯·罗莎里奥·柯拉尔·孔莎·巴尔扎拉·麦尔什奥拉·戈斯帕拉·依·透多斯·桑透斯，我的父亲是贵族骑士，叫冬·帕斯古拉·巴尔透罗梅欧·弗朗赛斯柯·戴阿西兹·依……"

"得了，得了！"国王打断她，"我没问你的家谱，我只问你人们平时怎么叫你？"

"陛下，人们都叫我巴莎。"

"我看你是个不平凡的姑娘，你能给我说说一个有学问的人是什么样吗？"

"当然可以，陛下。一个有学问的人，应该是这样一种人：当他讲话的时候，他知道他之所云。当他做事的时候，他知道他之所做。"

"那白痴是什么样的人呢？"

"陛下，"她接着回答，"世上有三种白痴：一种是对世事一无所知，一种是胡言乱语，一种是什么都不想学。"

巴莎说完，抱起她的布娃娃，席地而坐。

"陛下，"侯爵夫人问，"您觉得这个孩子怎么样？"

国王说："侯爵夫人，我有个想法。我不能眼看我的儿子再这样被耽误下去了。既然找遍了人都教不了他，我想让巴莎当王子的家庭教师，她或许有办法教会他认字……"

3. 第一课

就这样，巴莎做了小王子的家庭教师。

从第二天起，沙尔曼就被带到侯爵夫人家里，让他跟巴莎一起玩。

起初，两个孩子愣愣地站在那儿，互相对望着，都不吭声。最后还是巴莎有勇气，第一个开口："你叫什么名字？"她问这个新结识的伙伴。

"不认识我的都管我叫殿下，"沙尔曼回答说，"认识我的就直呼我王子。所有的人都对我称'您'，这是一个必须遵从的礼节。"

"礼节是什么意思？"巴莎问。

"我也说不清，"沙尔曼回答说，"反正每当我蹦蹦跳跳的时候，每当我大声喊叫的时候，每当我躺在地上打滚的时候，就有人告诉我，说这不合乎礼节。于是我就得安安稳稳地待在那儿，这就是所谓礼节。我真讨厌死了！"

"我们在这儿玩，就用不着讲究什么礼节了，你对我称'你'就行了，就像称呼姐姐一样。我对你也像称呼弟弟一样只称'你'，我也不管你叫什么'王子'了。"

"可你并不认识我呀！"

"我会喜欢你的，"巴莎说，"我们互相这样称呼会更亲切。听说你很会跳舞，教我跳舞好吗？"

僵局打破了。沙尔曼拉起小姑娘，教她跳起舞来了。

"你跳得多么好啊！"沙尔曼对她说，"你一下子就把步法全掌握了。"

"还不是因为有你这样的好老师教嘛！"她回答说，"现在该我教你点儿什么了。"

说着，她拿出一本有许多漂亮插图的书给他看，里面有名胜古迹、政界要人、科学家、鱼类、动物、花卉……所有这些东西，沙尔曼都十分感兴趣。

"你瞧！"巴莎说，"每幅画下面还有说明呢，咱们一块儿念一念好吧？"

"我不会念。"

"我教你。"

"不，"沙尔曼执拗地说，"我不想念书，我非常讨厌我的那些老师。"

"哦，是这样。可我并不是老师呀。瞧，这是'A'，一个多好看的'A'呀！你跟我说，'A'——"

"不！"沙尔曼皱着眉头回答，"我永远不念这个'A'。"

"那么，要是使我高兴高兴呢？"

"那我也不念，我永远不念！"

"先生，"巴莎说，"一个彬彬有礼的男子，是不该拒绝一个女子提出来的任何要求的。"

"我今天就要拒绝！"年轻的王子发火了，"你还是让我消停一会儿吧！我再也不喜欢你了，从今往后，你必须管我叫'王子'！"

"我不管你是'漂亮王子'，还是'王子漂亮'，"巴莎气得脸都红了，"你现在必须给我念！要不念，你得给我讲清楚为什么不念！"

"我就是不念！"

"你敢再说不念，一遍、两遍、三遍？"

"不念！不念！不念！"

巴莎抬起手，噼啪打了沙尔曼几个耳光，打得沙尔曼浑身发抖，脸色发青，嘴角鲜血直流，大滴大滴的眼泪扑簌簌直掉。他两眼死盯着巴莎，气势汹汹的样子使巴莎看了不寒而栗。突然，他又变得心平气和了，用一种略带激动的声音说："巴莎，我念'A'——"

第一天上的第一课，他一口气就学会了二十六个字母。学了一个星期之后，他就能很流畅地朗读书报了。

谁最高兴？最高兴的人要算国王了。

他捧着巴莎的脸蛋热烈地吻着，希望她永远和他的儿子、他本人在一起。他把这个女孩当成了自己的好朋友，所有的宫女对此都十分艳羡，特别嫉妒她，憎恨她。

沙尔曼却总是闷闷不乐，尽管如此，巴莎教他什么，他还是乖乖地学。不久，当他回到他过去的那些老师面前的时候，他们都对自己学生的进步感到惊喜。他能流利地复述出语法规则和哲学原理，并以极大的兴致倾听巴约奈特将军教他如何作战和检阅仪仗队。

国王看到儿子的变化，真是喜出望外。他经常嘱咐沙尔曼："我的孩子，你永远也不要忘记，你的一切全是巴莎给你的。"

巴莎在旁听着，心里甜滋滋的，脸上泛起红晕，含情脉脉地看着这个年轻人。沙尔曼只冷冷地回答说，他以王子的德行担保，他一定不会忘记回报她的。巴莎总有一天会明白，她的学生的确是什么也没忘记……

4. 王子复仇

这一年，沙尔曼十七岁。一天早晨他去看望父王。国王已经病入膏肓,他希望儿子能在他闭眼之前办完婚事。

"我的父亲,"他对国王说,"您给了我生命,而巴莎赋予了我智慧和灵魂。我应该偿还我心灵的债务,我要娶这个赋予我智慧和灵魂的人做我的妻子。亲爱的父亲,请准许我向巴莎求婚。"

"亲爱的孩子,"国王回答说,"巴莎确实有王后的气度。让她和你一起登基吧！明天就举行你们的订婚仪式,两年以后你们就结婚。"

可是,十五个月以后,国王死了。年迈的侯爵夫人和巴莎对她们这位朋友的逝世感到痛惜。沙尔曼虽说不是一个逆子,但王国急需新国王继位,他整天忙于政务,就把父王的逝世抛在脑后了。

不久,年轻的王子举行了隆重的结婚典礼。为了筹备这次婚礼,税收增加了一倍。尽管如此,勤劳善良的"荒草王国"人民,对他们的婚事还是感到特别高兴,人们对加重的税收并无怨言。方圆几百里的人，从四面八方纷纷赶来看望新国王和他的妻子巴莎。

总之，这次婚礼影响之大，如同一次盛大的节日，六个月之后，人们还在津津乐道。

婚礼那天，当夜幕降临的时候，沙尔曼只是出于礼节，才冷冰冰地拉着巴莎的手，通过一道长廊，把她领到王宫的城楼上。巴莎进去一看，这是一间阴暗的房子，窗上装着铁栏杆，门外有铁栅栏，上着大锁，这不是一座牢房吗？她害怕起来。

"这是什么地方？"她问，"这很像牢房！"

"对！"沙尔曼恶狠狠地看着巴莎，"一点儿没错，这是牢房！只有当你走向坟墓那天，你才能从这里出去！"

"我的朋友，你吓死我了，"巴莎微笑着说，"难道我是罪犯吗？"

"你这个人怎么如此健忘？"沙尔曼提高嗓门儿嚷起来，"你忘记有一天你打我耳光了吗？我可是记忆犹新。我今天娶你，就是为了要你的命，报我的仇！"

"朋友，"年轻的夫人心平气和地说，"你的底细我知道，我可有言在先，你要再开这种无聊的玩笑，在我走进你的房间之前，还要再打你三记耳光！老天在上，我发誓，我说话是算数的！"

"哼！你发你的誓去吧，夫人！"沙尔曼火冒三丈地大声喊叫着："我也发誓，你这辈子甭想进我的房间！笑到最后的人是笑得最美的……拉什布尔，来呀！"

一个牢房看守走进了黑屋，一下子把巴莎推倒在一张破床上，然后砰的一声把门关上了。

谁也没听到巴莎哭一声。沙尔曼听了半天没动静，就转身走了。他心里十分恼火，一心想着怎么把巴莎的傲气打压下去。难怪人们常说，复仇是国王们的癖好。

两个小时后，科斯特洛侯爵夫人从一个陌生人手里得到一张字条，知道了侄女的不幸遭遇。

5. 巴莎之死

第二天，宫廷新闻公报宣称：王后在婚礼的当天晚上得了不治之症，已经无法挽救了。她得病可能因为昨天晚上过于激动，所以这并没有引起人们的怀疑。沙尔曼忧心忡忡，但是自从科斯特洛侯爵夫人拜访他以后，他又变得若无其事了。

善良的夫人由于忧愁，显得更加苍老，更加瘦弱了。她是多么想去探望一下可怜的侄女啊！可是她经受不住那生离死别、令人肠断心碎的场面地打击了。她扑到沙尔曼怀里，在沙尔曼恭顺地拥抱她的时候，她说她相信沙尔曼对她侄女的感情是真的，也相信宫廷御医的诊断准确无误。说完，她就无可奈何地走了。

侯爵夫人走后，宫廷御医咬着耳朵对沙尔曼嘀咕了两句。国王听后咧嘴乐了，现在终于复仇了，他再也不用怕侯爵夫人了。

御医魏杜维尔斯特生于"梦幻之国"，他离开家乡来到"荒草王国"，纯粹是为了发财致富。他机灵过人，心肠歹毒，可怜的巴莎就落在了他的手里。

巴莎已经被关了三天。一天，拉什布格一大早突然跑进沙尔曼的卧室，浑身发抖地跪倒在沙尔曼脚下，说："陛下，我该死，我该被砍头！王后昨天夜里失踪了！"

"你说什么？"沙尔曼急得脸都变青了，"牢房不是加了铁栅栏，关得紧紧的吗？她怎么会跑了呢？"

"对，"看守说，"一般人是没法逃跑的，铁栅栏和门上的锁都原封未动，墙也没什么两样。可是有些女巫是可以飞檐走壁的，王后是不是……谁知道她是从什么地方来的？"

沙尔曼派人去找魏杜维尔斯特医生，他是不相信法术的。魏杜维尔斯特又是敲打墙壁，又是摇动铁栅栏，又是盘查看守，但都无济于事。宫廷派出大批亲信到全城搜查，王后还是无影无踪。拉什布尔也因此遭了横祸，被免了职，只因他了解王宫秘密，被留作宫堡守门人。

一个星期之后，巴莎的连衣裙和斗篷被潮水冲到了海滩上，被几个渔夫发现了，送进了王宫。人们看到国王痛苦万分，侯爵夫人痛哭流涕，都以为可怜的病人一定是投水自尽了。王宫为此召开了宫廷参议会，会议认为：王后之死属实，国王成了鳏夫，按照法律规定，为了人民的利益，国王应该尽快再婚。魏杜维尔斯特作为王宫的御医和参议会主席，发表了一篇感人肺腑的演讲，沙尔曼听后扑上前去拥抱他，口口声声称他为真诚的朋友。

王宫为死者进行了哀悼。

人们为王后举行了隆重的葬礼。

可怜的巴莎，就这样被发丧了。

按照规定，丧事过后，将在王宫内举行一次化装舞会。

6. 化装舞会

举行化装舞会这一天终于来到了。这一天不再论什么大臣、将军、参议员、王妃，人们都化装成哑剧中的小丑、穿彩色衣服的滑稽角色、假面驼背人、穿风衣戴斗篷的人、波希米亚人或哥伦比亚人。

化装舞会在御花园里举行。穿过一个迷宫，就到了大厅，那里灯火齐明、五彩缤纷，芳香的鲜花和各式礼服到处可见。从繁枝茂叶的后面，时时传来乐队演奏的悠扬的乐声。

可沙尔曼玩得并不痛快。

沙尔曼穿着蓝色的带风帽的斗篷，戴着黑色面具，去找那些最艳丽最快活的女舞伴，但谁也不爱搭理他，他处处遭到冷遇。他刚一开口，人们就赶紧离开他。舞会上最引人注目的是穿着黑色斗篷、戴着风帽、系着玫瑰色腰带的那个人。他在舞场上大摇大摆地晃来晃去，人们都恭维他，对他总是笑脸相迎。这人不是别人，正是沙尔曼推心置腹的挚友魏杜维尔斯特先生。人们哪里知道，这位御师曾在绝对保密的情况下，对两个女人透露过：国王将要穿黑斗篷、戴风帽、系玫瑰色腰带出现在舞会上。

沙尔曼走到大厅的一个角落，双手捧着头坐了下来。在喧嚣的人群中，就他一个人冥思苦想着。突然，巴莎的形象出现在眼前……他没有什么可后悔的，复仇是理所当然的事！话虽这么说，他还是感到内疚。可怜的巴莎呀，诚然她有罪，但她爱他、了解他、听信他。她在他跟前，眼睛老是闪烁着喜悦的光芒……跟这些穿着斗篷连国王都认不出来的舞女相比，她是多么不同啊！

他猛地站起来，离开了舞厅。突然，他发现一个戴假面具的人也没有跳舞。沙尔曼走近这个穿着波希米亚长裙的陌生人，看到她的眼神十分忧郁。

"美丽的假面人，"他对她说，"你不应该到这儿来，到人群中去找国王吧，如果找对了，你可以得到一顶王冠，你难道不知道吗？"

"我什么都不图，"假面人声音低沉而又温柔地回答，"这种胡猜碰运气的游戏，很容易把奴仆当作国王。"

"我可以告诉你谁是国王。"

"我对他讲什么呢？"假面人问。

"你能想到他的很多坏处吗？"

"不，我想到他的许多好处，只想到他的一点点坏处。"

说完，假面人又陷于沉思之中。

他这样热情地跟她讲话，她却冷冰冰地回答。她的冷淡使沙尔曼很纳闷，于是他请她到迷宫里去谈谈，那儿人少，比较清静，空气又新鲜。

夜越来越深了。沙尔曼让她拿下假面具，但无论沙尔曼说什么她也不肯。问她为什么，她也不回答，老是想走开。

"你让我很失望，夫人。"沙尔曼急得喊叫起来，"你为什么总是沉默？真急死我了！"

"因为我认出了您，国王。"假面人激动地说，"让我走开吧，沙尔曼！"

"不，夫人，你不能走！"君王大声说："只有你猜中了我，只有你理解我，我的心应该属于你，我的王冠应该给你戴。请摘下你的假面具，我们跳舞去吧。只要你讲一句话，我的臣民都将臣服在你的膝下。"

"国王，"假面人忧伤地说，"请允许我拒绝您的厚爱，我这人还是有骨气的，我不想要一颗被人占据过的心。我爱嫉妒，即使对过去的事也是如此。"

"我没爱过任何人！"沙尔曼怒气冲天地吼叫着，吓得假面人直哆嗦，"在我的婚姻问题上，有一个秘密——我只会向我的爱人吐露心声。但是我可以向你发誓：至今我的心从没给过任何人，我这完全是初恋。"

"把您的手伸过来，"假面人说，"靠近这盏灯，让我看看您的手相，我就知道您说的是不是真话。"

沙尔曼把手伸了过来，假面人看了看他的手纹，然后叹了口气，说："您说的一点儿不错，您是从来没爱过任何人。但在我之前，有一个女人却爱过您，死亡并没割断她对您的圣洁的爱情。王后至今还爱着您。再见了！"

"夫人，"沙尔曼说，"你使我吐露了隐情，你让我这么痛苦！说真的，王后根本就没爱过我，她的一举一动都只说明她野心勃勃。"

"根本就不是那么回事！"假面人甩开沙尔曼的胳膊，"王后是真心爱您的。"

"不，夫人！"沙尔曼又说，"我的父王和我都上她的当了！"

"得了吧，别来这一套了！"假面人说，"请您尊重点儿死人吧。"

"夫人！"沙尔曼叫了起来，"我跟你说的全是实话，王后根本就没爱过我，她是个坏女人！"

"哦？"

"她心地又坏，又爱嫉妒人……"

"可她是爱您的呀。"假面人打断他。

"她爱我也不是出于真心，"沙尔曼激动地说，"就在结婚那天晚上，她竟敢对我说，她嫁给我是为了要我的王冠。"

"不是这么回事！绝不是这么回事！"假面人说着举起了手。

"夫人，我向你发誓……"

"你在撒谎！"假面人大声嚷着，噼啪打了沙尔曼两记耳光，打得他晕头转向，假面人乘机溜走了。

沙尔曼怒发冲冠，倒退了两步，伸手想去抽宝剑。

可是参加舞会不是奔赴战场，他找了半天，身边唯一的武器就是系在斗篷上的一个扣环。他赶快去追这个冤家对头，可是上哪儿去追呢？沙尔曼在迷宫里晕头转向地转悠了二十多次，也没看见这个假面人的影子。

他只好回到大厅里,这个假面人肯定混在人群里了,有什么办法能把她认出来呢?

沙尔曼眉头一皱,计上心来。让所有的人把假面具都摘掉,不就认出这个假面人了吗? 他一下子跳到一把椅子上,用一种令人心惊肉跳的声音宣布:"女士们,先生们! 天快亮了,再也不要隐姓埋名了,露出你们的真面目吧! 首先由我做起,爱我的人跟我学吧! "接着,他摘下假面具,脱掉斗篷,露出西班牙式的服装。这喊声震动了全场,所有人的目光一齐投到了沙尔曼身上。随后大家又寻找那个穿黑斗篷、系玫瑰色腰带的人,可他已经溜走了。

每个人都卸了妆,所有的女人都拥向沙尔曼。人们发现他特别留意那些穿波希米亚服装的女人,他拉着年轻的或年老的"波希米亚人"的手,目不转睛地盯着她们。然后,他向乐队示意,舞会又重新开始了,但是沙尔曼却不见了。

他又跑回迷宫,茫然地走着,突然又停住,看看这儿,听听那儿,一会儿哭,一会儿笑,像疯子一样东撞西碰,完全丧失了理智。

在一个过道里,他看见守门人拉什布尔双手哆嗦着向他走来："陛下，"他惊魂未定地低声说，"国王陛下您看见了吗？"

"看见什么了？"沙尔曼问。

"幽灵！陛下，她就从我眼前过去的。我这下完蛋了，明天我就得死了！"

"什么幽灵？"沙尔曼问。

"这个幽灵身穿斗篷，目光炯炯，一见我就让我下跪，然后，噼啪打了我两记耳光。"

"是她！"沙尔曼喊了起来，"准是她！那你为什么放她走了？"

"陛下，当时剑没在手上。"

"现在她在哪儿？"沙尔曼说，"她跑到什么地方去了？快带我去！假如能带我找到她，我保你升官发财！"

"陛下，"诚实的看门人瞧着月亮说，"幽灵在那上面呢。她腾云驾雾而起，我亲眼看见她飞向了月亮，就像现在看您一样真切。但在她消失之前，她让我奉告陛下两句话。"

"快讲。"

"陛下，这两句话太可怕了，我绝不敢在陛下面前重复。"

"说吧，我让你重复，我命令你重复！"

"陛下，幽灵说：'去告诉国王：他心爱的人一定会回到他身边来的。假如他另娶别的女人，他就会死去。'"

"接着，"沙尔曼说，"把这个钱袋拿去吧。从今以后，你就留在我身边好了。我任命你为我的第一贴身仆人，可你记住，千万不能泄露这个秘密呀！"

沙尔曼给了他一笔钱。

"这是第二个秘密。"拉什布尔咕哝了一句，走开了。

第二天，人们从宫廷的新闻公报中得知，国王心里一直在想念一个他喜欢的女人，他迟早还要结婚的。大家都一致认为，在整个土国里，只有一颗心是最忠诚的，那就是沙尔曼国王的心。

7. 国王患病

沙尔曼感到心烦意乱，不知怎么才能够消遣一下。他时而外出打猎，时而主持参议会，时而看喜剧，时而听歌剧，时而抓起一本小说，时而翻看杂志……但他对这一切都毫无兴趣。他对那个假面人的思念与日俱增，直到梦中还念念不忘。他看得见她,他热情地跟她讲话,她也喜欢听她发表议论。可是她一旦取下假面具来,浮现在他眼前的却是巴莎那张苍白而忧郁的面孔。

沙尔曼把自己内心的烦恼告诉了魏杜维尔斯特医生,医生却笑了起来。

为了解除沙尔曼的烦恼,魏杜维尔斯特医生每天都和他共进晚餐。沉着、不露声色而又笑容可掬的魏杜维尔斯特完全驾驭了沙尔曼的思想。为时不久,他就独揽了处理全部国事的大权,当上了总理大臣。他颁布了三项法令:提高税收,增加警察,增设监狱。而且他关押了大批呼天唤地的无辜者。

人民对魏杜维尔斯特医生的横征暴敛怨声载道,他们十分怀念老国王时代国富民强的太平世界。

人民已经感觉到沙尔曼国王成了傀儡,一切大权都落在总理大臣的手中。沙尔曼对这一切却毫无觉察。他整天都和他的侍从冬多待在一起。这个侍从是总理大臣安插在他身边的一个亲信。

冬多想方设法让沙尔曼开心,沙尔曼很喜欢他。冬多也很讨总理大臣的欢心,他总是把沙尔曼所说的话及时转告给总理大臣。这样做倒也容易，因为沙尔曼国王连一句话也不说，总是处在梦乡中。

野心勃勃的魏杜维尔斯特医生得寸进尺，阴谋策划让沙尔曼让位。沙尔曼的这位最知心的朋友想打发他到远方去治病。只要沙尔曼离开国土，他就可以随心所欲地统治这个国家了。

沙尔曼还很年轻，对于生活世事天真烂漫，他完全相信魏杜维尔斯特医生为他安排的一切。一天，三位名医来王宫为沙尔曼看病：一个是大个子特里斯坦，一个是大胖子约孔杜斯，一个是小矮子吉叶里。

他们对国王问过来问过去，瞧过来瞧过去，转过来转过去，折腾了好一阵子。最后特里斯坦以一种粗暴的语气首先发言："陛下，您还是像个农夫一样自己照看自己去吧，什么事情都不要做了。快到'清泉'疗养去吧，否则您就活不成了。这就是我的意见。"

"陛下，"胖子约孔杜斯说，"去喝'清泉'水吧。要快去，晚一步您就活不成了。这就是我的意见。"

"陛下，"矮子吉叶里说，"去喝'清泉'水吧。要快去，晚一步您就活不成了。这就是我的意见。"

随后，三位医生起身告别了总理大臣和沙尔曼，走下王宫的台阶，离开了王宫。

三位医生走后，魏杜维尔斯特冥思苦想了好一会儿，两眼直盯着沙尔曼。几个医生刚才说的话，沙尔曼连听都没有听。

"陛下，"总理大臣说，"医生们说您应该去'清泉'疗养，不要再料理国事了。一位伟大的君王应为他的臣民做出某些牺牲，并且……"

"甭说了，"沙尔曼说，"我的好朋友，我知道你让我走是为了我好。我委托你摄政，快去起草一份谕旨，我来签字。"

"陛下，谕旨就在这个公文包里。一个称职的总理大臣手边总是该备有谕旨的。"

沙尔曼拿起笔，连看也没看一眼就在谕旨上签了字。然后把谕旨递给微笑着走上前来的总理大臣，不料，沙尔曼又急忙把谕旨撤了回来，不知出于什么考虑，他又从头到尾读了一遍。

"怎么？"他说，"你不说明一下理由吗？你怎么不告诉人民我喜欢你，好让他们放心呢？医生，你有点儿太谦虚了。明天这谕旨将公之于世，而我作为你的主人，作为你的朋友，将解释这一切。再见！这些人民真让我觉得讨厌死了。"

魏杜维尔斯特昂首挺胸，目光炯炯，得意忘形，迈着轻飘飘的步子，大摇大摆地走了出来。沙尔曼却又陷入了梦境。他想，在所有的国王中，无论如何他算不上最不幸的一个，因为他还有一位真正体己的朋友。

忽然，一位极其矮小而又古怪的医生闯进了沙尔曼的房间。在王宫里，人们从没见过他。他那白色卷曲的假发拖散在后背，他那银白色的胡须一直垂落到胸前，机灵的眼睛充满着青春的活力。

"这些坏蛋去哪儿了？"他用拐杖敲着地板喊道，"他们去哪儿了？这些无知的家伙怎么没等我？"他对惊恐万状的沙尔曼说，"请把舌头伸出来！快点儿！我忙着呢。"

"你是谁？"沙尔曼问。

"'真理'医生——人间大名鼎鼎的医生，这您一会儿就能知道，尽管我虚怀若谷。您不信就去问问我的学生魏杜维尔斯特，是他请我来的。他知道我包治百病，能妙手回春。请把舌头伸出来，好！诊断书在哪儿？饮清泉水，很好。可您知道您得的是什么病吗？是一种忧郁症。"

"怎么，这种病你也能看得出来？"沙尔曼完全惊呆了。

"看得出来，我的孩子，这些都写在您的舌头上了。不过您放心，我会把您治好的。明天中午我保管您能痊愈。"

"明天，"沙尔曼说，"那……"

"安静点儿！我的孩子！这个公文包是谁的？是总理大臣的吗？好，请在这三张纸上签字吧。"

"这都是些空白谕旨，"沙尔曼说，"你想干什么用？"

"这是我的几个处方。签字吧！好，我的孩子，明天中午您准会高兴得跳起来。第一个处方，裁减六个军团；第二个处方，免除四分之一的税收；第三个处方，释放政治犯，释放因欠债而被关押的穷人。您笑了，我的孩子。病人对他的医生笑，这可是个吉兆。"

"是的，"沙尔曼说，"我是笑了，因为我想起了魏杜维尔斯特。明天，当他在宫廷的新闻公报上看到这些处方时，他会急成什么样子呢？噢，够了，医生！快把这些纸还给我！不要再开这种玩笑了！"

"这是什么东西？"小个子医生拿起摄政谕旨问道，"老天，恕我直言，这纯粹是让位！怎么，你竟把你的人民、你的尊严和你的名誉拱手让给一个阴谋家来践踏吗？这办不到！我坚决反对，你听见我的话了吗？"

"你好大的胆子，竟敢用'你'来称呼国王？"

"请不要介意这一点，"小个子医生接着说，"沙尔曼，你是发疯了还是在做梦？难道你心里就一点儿数也没有吗？"

"太放肆了！"沙尔曼嚷道，"滚出去，混蛋！要是不滚出去，我会让人把你扔到窗户外面去！"

"出去？"小个子医生喊道，"没那么容易！首先我得把你这让位书撕掉，还要踩它几脚呢！"

这时，沙尔曼一边用手拽着怒气冲冲的医生，一边呼唤卫士。但是没有一个人答应。身材矮小的医生竭力挣扎，一脚把灯踢翻在地。沙尔曼依然紧紧抓住这个医生不放，可是，他的劲儿却越来越小了。

"放开我，"陌生人抱怨道，"快放开我！您不知道您自己做了什么蠢事，把我的胳膊都快要扭折了！"

但说什么沙尔曼也不松手。猛然间，噼！啪！噼！啪！沙尔曼一连挨了几记耳光。他被打得不知所措，两手一松，随即又向他的仇敌扑去。可是医生早已趁机逃

153

之天天了。他再一次呼叫他的卫士们，还是不见一个人影。

8. 国王痊愈

终于开了一扇门，拉什布尔走了进来。按照规矩，他是来为国王陛下宽衣的。他发现沙尔曼的脸色铁青，正沿着四周的墙壁摸索着什么。

"那个医生哪儿去啦？"沙尔曼气急败坏地问。

"陛下，"贴身侍从说，"医生阁下一小时以前就离开王宫了。"

"我没问你魏杜维尔斯特！"沙尔曼喊叫着，"我问你刚才骂我的那个医生跑到哪儿去了？"

拉什布尔愁容满面，无可奈何地瞧着沙尔曼，叹了口气。

"一个人从通向你房间的这扇门出去了，"沙尔曼说，"他是怎么进来的？又是从哪儿逃走的？"

"陛下，"拉什布尔说，"我可没擅离职守，但我谁也没看见。"

"我是说刚才有一个人在这间屋子里。"

"陛下,您是从来不会弄错的。也许刚才您是在做梦吧?"

"头号大笨蛋! 你看我像是在做梦吗? 这盏灯难道是我打翻的吗? 这些纸难道也是我撕碎的吗?"

"陛下,"拉什布尔说,"刚才我打了个盹儿,我也做了个梦, 梦见有一只无形的手猛不防打了我两记耳光, 并且……"

"两记耳光! "沙尔曼说,"是那个幽灵! "

"陛下真是百分之百的正确, 我的确是个大笨蛋。"拉什布尔说,"准是那个幽灵! "

"可我却没认出她来! "沙尔曼说,"从声音和动作来看一点儿不错, 很像她。这到底是怎么回事呢? 没关系, 反正我留在我自己的国家里不走了, 事情总会弄清楚的。我的朋友, 拿走这个钱袋, 你可要保守秘密呀! "

"这是第三个秘密了。"忠实的拉什布尔咕哝了一句。他很快就为沙尔曼宽了衣。

沙尔曼入睡时, 天色已微微发亮了, 等他睁开眼睛醒来时, 天已大亮。只听敲钟声, 隆隆的礼炮声, 几个乐队演奏的军乐声响成一片。发生了什么事呢? 沙尔曼按铃叫人。拉什布尔手拿一束鲜花走了进来。

"陛下，"他说，"请允许您忠诚的奴仆第一个向您报告：人们欣喜若狂、普天同庆，庆贺赋税减免了，监狱大门打开了，军队裁减了！陛下，您是世界上最伟大的国王。快到平台上去看看，向那些欢呼'国王万岁'的人们表示点儿什么吧，向您的臣民微笑吧！"

　　拉什布尔再也讲不下去了，因为他已经激动得泣不成声。他本想掏出手帕擦擦眼泪，但掏出来的却是一份宫廷的新闻公报，于是他就发疯似的亲吻起公报来。

　　沙尔曼把新闻公报拿过来一看，只见谁把处方印到上面去了。魏杜维尔斯特怎么不露面了呢？这时，沙尔曼来到平台上，人民群众就在他的窗下，他来不及思考，来不及咨询，来不及调查……人们热情洋溢地向他欢呼致意，他激动得心怦怦直跳。男人们向空中扔着帽子，女人们挥动着手帕，母亲们把怀中的孩子举到头顶，卫士们的枪尖上挂着花束，军官们挥舞着闪闪发光的刀剑，万众高呼："国王万岁！"

　　人民的激情深深打动了沙尔曼，他不由自主地号啕大哭起来。这时十二点敲响了，幽灵说得一点儿不错，国王已经痊愈了。

过后，大臣们纷纷前来贺喜，感谢国王理解了他的忠实谋士们的心意。只有一个人没有露面，那就是魏杜维尔斯特。

魏杜维尔斯特到哪里去了呢？谁也不知道。今天早晨他收到一张神秘的字条，上面只写了几个字："国王全都明白了！"然后他就出逃了。

突然，冬多面色苍白地走了进来，他交给沙尔曼一封盖有封印的信件，这是巴约奈特将军派人火速送来的。巴约奈特告知沙尔曼一个骇人听闻的消息：六个军团暴动了，为首的就是魏杜维尔斯特。他们指控沙尔曼国王杀害了巴莎王后。他们人数众多，指挥有方，正在向首都挺进。巴约奈特请求沙尔曼亲临指挥，事不宜迟，耽误一小时，后果都是不堪设想的。

于是，沙尔曼在冬多和拉什布尔的护送下，秘密地离开了王宫，身边只带了几个军官。

9. 一场战斗

沙尔曼到达营地后，到处遭到冷遇，应该说这是他自己造成的。他忧心忡忡，心不在焉，没跟士兵说过一句轻松愉快的话，没跟军官说过一个值得信任依赖的词。他走进将军的帐篷坐了下来，唉声叹气。冬多的心情也同样很沉重。

"陛下，"巴约奈特说，"请允许我坦率地告诉您，您这样优柔寡断，迟疑不决，官兵们都议论纷纷。敌人就在我们面前，发起进攻吧！在这千钧一发之际，五分钟往往就能决定整个王国的命运，可不能再拖延了！"

"好吧，"沙尔曼懒洋洋地说，"那就让将士们上马吧，我随后就来。"

当身边只剩下拉什布尔和冬多时，沙尔曼又说话了。

"我的好朋友们啊，"他垂头丧气地说，"离开一个对你们毫无用处的主人吧！这是我犯下罪孽应得的惩罚。出于愚蠢的报复心理，我杀害了王后。现在该是报应的时候了。我准备接受这种惩罚。"

"陛下，"冬多勉强地微笑着说，"打消这些悲伤的念头吧！您应当奋起自卫。我知道您并没有杀死王后，她也许还没有死……"

"孩子，你说什么？"沙尔曼厉声问道。

"我说应当奋起自卫。您是国王，打起仗来，就要像个国王的样子！"

"陛下，"巴约奈特手握宝剑进来说，"时间紧迫！"

"将军，命令吹号上马，"冬多喊道，"我们也上马吧！"

沙尔曼等将军走后，瞅着冬多说："不，我不走。我也不知怎么了，心里乱得很。说实在的，我并不怕死，可是我却有些说不出的恐慌，我不去打仗。"

"陛下，"冬多说，"鼓起勇气来！上马吧，你必须这样做！……怎么，国王你不听我的？"他嚷了起来，"真是活见鬼！这一下我们可要完蛋了！"

"不行！"他揪住沙尔曼的斗篷说，"起来走，陛下！上马吧，可怜虫！沙尔曼，拯救你的王国吧，拯救你的人民吧，拯救所有爱你的人吧！胆小鬼！抬起头来看看我，我只不过是个孩子，但我宁愿为你而死！假如你还不起来，我可要咒骂你了。你是个胆小鬼，听见了吗？你是个贪生怕死的胆小鬼！"

说着，傲慢的侍从冬多上去，噼啪扇了沙尔曼两记耳光。

"啊！"沙尔曼大叫一声，抽出了宝剑，"我要杀了

你这胆大妄为的东西！"

但是冬多跑了出去，手举长剑，扬鞭策马，冲向敌阵，高喊："朋友们，国王来了！国王来了！快吹军号！前进！前进！"

怒气冲冲的沙尔曼策马紧追他的侍从，他已把生死和危险完全置之度外。巴约奈特紧跟沙尔曼，全军人马紧跟将军，所向无敌。

敌人仓促应战。然而，这时有一个人认出了沙尔曼，他就是魏杜维尔斯特。沙尔曼一心想报仇，眼睛只盯着前面的侍从，这时他单枪匹马、处境孤立，只见叛徒魏杜维尔斯特手举长剑，向沙尔曼劈来。

这时，冬多在前面看到了魏杜维尔斯特，就向叛徒扑了过去，可是不幸的是，他自己中了叛徒刺向主人的剑，大叫一声，张开双臂，跌下马来。幸好，沙尔曼一剑刺进了叛徒的喉咙，侍从冬多也得以报仇雪恨。

叛徒之死意味着这一场战斗的胜利。全军被沙尔曼的英雄气概所激励，以迅雷不及掩耳之势驱散了全部敌军。

一小时之后，沙尔曼胜利归来。全军将士高呼："国王万岁！"

10. 冬多并不是冬多

沙尔曼走进帐篷，一看到拉什布尔，就想起了冬多。

"我的侍从死了吗？"他问。

"没有，陛下。"他忠实的仆人答道，"他还活着，但很不幸，他的伤势很重，已经没有希望了。他被送到附近他姑母科斯托洛侯爵夫人家里了。"

"他是侯爵夫人的侄子吗？"沙尔曼问，"我怎么从来没听说过她有这么个侄子？"

"陛下忘了。"贴身仆人不慌不忙地说，"可怜的孩子肩上受了重伤。陛下，去看望一下冬多吧。这对他来说将是莫大的幸福。"

"好，"沙尔曼说，"那你带我去看看他吧。"

来到侯爵夫人家里以后，沙尔曼被带进一间卧室，里面挂着窗帘，床上躺着沙尔曼的侍从，他脸色惨白，但他还是抬起头来向沙尔曼致意。

"这是怎么回事？"沙尔曼惊叫起来，"多奇怪呀！侍从那撇小胡子不见了。从一侧看去是冬多，是我的侍从。而从另一侧看去，是……不，我没有弄错，是你呀，我的救命夫人。是你呀，我可怜的巴莎。"

于是，沙尔曼双膝跪下，捧起巴莎的手来。

"陛下，"巴莎说，"我活不了几天了，但是在我临死之前……"

"不，不，巴莎，你可不能死啊！"沙尔曼喊着，眼泪夺眶而出。

"在我临死之前，"她垂下眼睑继续说道，"我想请陛下饶恕我今天早晨打您的两记耳光……"

"别说了，"沙尔曼说，"我饶恕你就是了。"

"喀，"巴莎说，"还没完呢。"

"怎么，"沙尔曼问，"还有什么？我预先饶恕你所做的一切……"

"陛下，那个医生，那个小个子'真理'医生贸然给陛下……"

"是你派他来的吗？"沙尔曼皱起了眉头。

"不，陛下，那是我本人。喀，我以前总想拯救我的国王……"

"算了，"沙尔曼说，"我饶恕你了。"

"咳，还有呢。"巴莎说。

"还有？"沙尔曼站了起来。

"陛下，"她说，"化装舞会上的那个假面人，她也胆敢……"

"那也是你吗，巴莎？"沙尔曼说，"噢，我饶恕你，我理该挨你的耳光。你还记得我们结婚那天晚上你发的誓吗？讨厌鬼，你可真是说到做到啊！我也要履行我的诺言了。巴莎，快养好伤，快回到自你走后就失去了幸福的城堡里来吧！"

"陛下，"巴莎说，"拉什布尔那天早晨可什么都看见了，我感到羞愧，请不要把那天的情景说出去。我向您推荐这个忠诚的仆人。"

拉什布尔单腿跪在巴莎的床边，吻着她的手。

"陛下，"他低声说，"这是第四个秘密……"他还没说完就站了起来。

随着这动人的场面，

巴莎又昏睡过去了。沙尔曼心里七上八下，急得火烧火燎，他问侯爵夫人："夫人，她会好吗？"

"啊！"老夫人无限感慨地说，"你知道精神上的幸福会产生多大的威力吗？我的孩子，亲亲王后吧！这对她来说，会比您所有的医生都更起作用。"

沙尔曼俯下身去，亲吻着熟睡了的巴莎的前额。一丝微笑，也许是一个甜美的梦使这张苍白的面孔又有了生命的活力。这时，沙尔曼像个孩子似的痛哭起来。

11. 幸福的国王和王后

侯爵夫人说的对，半个月的幸福生活使巴莎健康地站起来了。她风光地回到了沙尔曼国王的身边。巴莎的脸色还很苍白，她受伤的胳膊还吊着三角巾。沙尔曼目不转睛地瞧着巴莎，人民的心情也像沙尔曼一样激动。

他们回王宫，路上需要走一个多小时。人们在"荒草王国"的首都竖起了三座凯旋门。人民、军队和朝臣都一齐向国王和王后欢呼致意。

庆祝活动一直持续到夜晚。午夜时分，沙尔曼陪伴着巴莎进了他的房间。在那儿，沙尔曼说："我亲爱的巴莎，我之所以能有今天，我现在所能得到的一切，都要归功于你。从今天起，亲爱的巴莎，沙尔曼将是你忠实的奴仆。"

"我的国王，可不能这么说。"

"我明白我说的是什么意思，"国王热切地说，"我要你来统帅我。我是主人，我是国王，但我心甘情愿这样做，我授命于你。"

"陛下，"巴莎说，"我是您的妻子和仆人，我的职责就是服从于您。"

从此以后，他们长久地活在世上，过着幸福美满的生活。他们夫妇两个相亲相爱，生了许多子女。

（李忆民　陈积盛／译）

拉布拉耶（又译拉布莱依，1811~1883），政治家、法学家、作家，擅长将生活的哲理融入其作品中。《王子恩仇记》故事曲折，情节引人入胜，赞美了无私而纯洁的爱及女性坚强的品格。

冬天的礼物

〔日本〕岛崎藤村

"小同学，今天这么冷，还要去上学啊？还挺能坚持啊！你要是每天都这样努力，我这老奶奶会给你一点儿奖励的哦。"老奶奶说。

真看不出，这位陌生的老奶奶，心地是这么善良呢。

她看见小学生去上学手冻得通红，冻得发僵了，就用自己的双手为他焐暖和，一边心疼地说："哎呀，看看，手都冻僵了，真不怕冷呀！不过，天天跑远路，身体倒是长结实了。瞧你的小脸蛋，气色多好啊！"

小学生因为说这话的是个陌生人，所以就仔细地打量起这位老奶奶来。

只见她右手拄着一根像从山上砍来的细木棍儿，左手提着一个篮子。

篮子里满满地装着青色的忍冬花蕾。

167

这位老奶奶看上去就像好些童话里常出现的老奶奶。

"您是谁呀？"小学生问。

老奶奶微笑着让小学生看她篮子里的忍冬花蕾，说："我就是冬天呀。"

然后她又说："回家以后，让你爸爸妈妈好好看看吧。你脸蛋儿上红红的颜色，正是我这个老奶奶的一点儿心意呢。"

（蒋　渝／译）

岛崎藤村（1872~1943），原名春树，别号古藤庵，又号藤生。日本现代著名诗人、散文家和小说家。生于长野县筑摩郡。1887年进入明治学院。结识北村透谷等人后，开始创作新诗。他一生著作丰富，除诗歌、小说外，他还留下了大量的童话、散文随笔。代表作有诗集《嫩菜集》，散文集《千曲川风情》，长篇小说《破戒》《春》《家》《黎明之前》等。

栀子花

〔日本〕小川未明

　　黄香家里很穷，她七岁就开始上街卖花。

　　黄香的母亲是个贪得无厌的人，看到小黄香赚了钱回来就眉开眼笑，可是，要是看到她没卖出去几朵花，脸色就很难看。

　　有一天，黄香一大早就到街上卖花。"卖花呀，卖花呀……"黄香一边走一边小声吆喝着。

　　这时候，阳光明媚，鸟语花香，正是春天的季节。天空蔚蓝蔚蓝的，太阳挂在天上，灿烂夺目。没有一丝风，这天气可真好。前边有座小桥，桥那边是一片原野。

桥对面走过来一位老奶奶，头发已经花白，走路颤颤巍巍的，黄香从没见过这位老奶奶。

老奶奶看了黄香一眼，问道："你几岁了？"

"今年七岁了。"

"多好的孩子啊，这么小年纪就出来卖花。我把你这些花全买下来吧。我现在要去扫墓，就把这些花送到那些我认识的、现在已经死去的人的墓上去吧。唉，我认识的，差不多都进棺材了。"老奶奶叹息着，真的把花全部买了。

这天黄香回家，告诉母亲花都卖出去了，是一位老奶奶买的，贪得无厌的母亲对黄香说："明天也必须把花全部卖光！"

第二天，黄香又来到昨天和老奶奶相遇的桥头，心想，但愿今天老奶奶还来，把花都买了。正想着，老奶奶来了。

"你几岁了？"老奶奶问。她忘了昨天问过的，她把昨天的事都忘了。

"今年七岁。"

"多好的孩子啊，这么小年纪就出来卖花。"老奶奶说着，把花全买下了。老奶奶转身离开的时候，还自言自语道："我现在去扫墓，就把这些花送到那些我认识的、现在已经死去的人的墓上去吧。"

黄香回到家，又把今天的事告诉了母亲。

贪得无厌的母亲对黄香说："明天老奶奶再问你几岁了，你就说六岁！"

黄香又提着花篮，来到桥头，和前两天一样的时间，正好遇到老奶奶从桥上走过。

老奶奶问她："你几岁了？"她把昨天、前天的事又都忘了。

黄香想起母亲教她的，就回答："今年六岁。"

"多好的孩子啊，这么小年纪就出来卖花。"老奶奶说着，把花全买下了。

黄香回家了，跟母亲说了这件事，母亲笑着说："好吧，下次，你就说你五岁了。"

第二天，黄香在同样的时间又来到了桥头。老奶奶问她："你几岁了？"

"今年五岁。"黄香说完，脸红了，心不住地跳。

这次老奶奶只是自言自语道:"这些花不那么白了,不适合送到墓地去。"

这一天,黄香没有回家,母亲到处也找不到她,听说有个老太太把一个孩子带到墓地去了。母亲去看的时候,只见墓地里全部都是白色的栀子花,黄色的花蕊发出一种幽幽的香气。从此以后,大家总见到一位披头散发的疯女人见人就问:"你买栀子花吗?"大家说:"这是黄香的母亲在找自己的孩子呢!"

(蒋 渝/译)

小川未明(1882~1961),原名小川健作,日本童话作家、小说家。毕业于早稻田大学。曾担任《少年文库》《读者新闻》等报刊编辑和《北方文学》杂志主编。1926年以后主要从事童话写作。1946年出任日本儿童协会首任会长。1951年获日本文化功劳奖。1953年被推举为艺术院会员。代表作有《红蜡烛和美人鱼》《月夜与眼镜》《巧克力天使》等。

奇异的方块块

〔南斯拉夫〕埃·贝洛奇

在一块草地的中央，有一座小房子，它是用各种颜色的方块块砌成的。小小的耶尔珈就住在这座小房子里。天气好的时候，她就坐在房子的前面，听鸟儿唱歌。天气不好的时候，耶尔珈就在各个房间里散步。她非常快乐，因为这些房间里什么玩具都有。

第一个房间里有一只小小的白母鸡。它是画在一个方块上的。每次耶尔珈走进这个房间的时候，这只母鸡就叫起来："咕，咕，咕！一个傻子快要来了！"这个小姑娘回答它说："不对，不对，不对！没有什么傻子要来。"

第二个房间里有一只黑猫。它也是画在一个方块上的。它说："我正在纺毛线。毛线纺好以后，我就要离开这里了。"耶尔珈请求它："小猫，不要离开这里，和我做伴吧。"

在第三间房子里的墙上有一个扫烟囱的人。他老是在微笑。他说："这里有人用白粉笔写着：烟囱歪了。""为什么说它歪了呢？它是很直的呀！"耶尔珈微笑着说。

有一天，天忽然下起雨来。邻家的狗挣脱了系它的皮带。它早就想这么做，这次总算成功了。它穿过院子和花园，跑掉了。它现在获得了自由，感到兴高采烈，在它跑的时候，把那座用方块做的小房子绊倒了。它听到了小房子倒下来的声音，却不停下步子。

耶尔珈再没有屋子了，头上当然也没有屋顶。她站在那一堆东倒西歪的方块块中间，在那一片被雨浸湿了的草地中间，被风吹得发冷，她感到非常不快乐。

"我应该再砌一座新的小房子，"她大声说，"真希望能有人来帮我一下！"

那只小白母鸡回答她说："咕，咕，咕，那只狗是一个傻瓜！"它跳到一个方块上，下了一个金蛋。它把它送给耶尔珈，说："咕，咕，咕，拿去吧！你饿了的时候可以把它打开吃掉！"

"谢谢。"小姑娘说。

那只黑猫从另一个方块上跳下来了。它绿色的眼睛闪着凶狠的光，它说："我纺了一根发光的长线。你离开的时候就可以把它带着，一边走，一边把它松开。这样你回来时就能找到路了。"它说完这话后，就穿过那浸湿了的草地跑走了。它跑得那么快，连耶尔珈都来不及对它说声谢谢。

现在轮到扫烟囱的人了。"耶尔珈，这里有一颗扣子。它会带给你幸福。你可以把它缝在你的连衣裙上。这件事没有做好以前不要造你的小房子，因为它可能又会塌掉的。"耶尔珈接过扣子，感谢了扫烟囱的人。此人像站在方块上时一样，一直在微笑。

雨下个不停，耶尔珈全身都湿透了。她把礼物放在衣袋里，想找一根针来把扣子缝上。她找了很久，把那些方块块翻来翻去，但是毫无结果，什么针也没有找到！"我去找做缝纫活的阿姨。"她说。于是她便去找了。她一边走，一边拉开那根发亮的长线，怕回家时迷路。

耶尔珈来到一个村子，询问做缝纫活的阿姨在哪儿。"你应该到山脚下的那个村子里去找她，在三片树林的另一边。"人们告诉她。

耶尔珈向山脚下的那个村子走去。她穿过了第一片树林。到第二片树林的时候，天已经黑了。她有一点儿害怕，但当她看见天上出现了月亮的时候，她又很高兴了。"天要亮了，"小姑娘说，"我得休息一会儿，吃点儿东西。"她把衣袋里的那个金蛋取出来，在一个石头上把它磕开。忽然间，一个蛋变成了两个蛋：一个是白的，像普通鸡蛋一样；另一个则是金的。她津津有味地吃了第一个蛋。就在这时候，那个金蛋忽然发出光来，像一颗星星，把她周围的一切都照亮了。耶尔珈站起身来，重新赶路。月亮直盯着她的眼

睛，对她说："我很高兴在这儿发现了你。今天晚上我累了。你现在既然有这个金蛋，把黑夜照亮，那么就请你代替我吧！"耶尔珈还来不及告诉她说她现在很忙，月亮就已经在一块很大的云层后面不见了。耶尔珈只得在原来的地方坐着，好让金蛋把整个黑夜照亮。

太阳出来以后，耶尔珈又开始赶路。她穿过那第三片树林，找到了山脚下的那个村子。做缝纫活的阿姨很快就把那颗扣子缝在了她的连衣裙上。耶尔珈谢过她，把那根发亮的线剩下的部分送给了她。

她觉得回家的路程比她来时要短多了。她沿着那根线，在天黑前就到达了那块草地——那些方块块就在那里乱七八糟地躺着。她马上就开始重建她的小房子。忽然间，一阵喧闹的犬吠声吓了她一大跳。

"我是来看你的呀，"那只小狗说，"我逃掉了，但是我一去到树林里，就后悔不该离开了我的主人和住处。我看到你的亮光，跟着它一直走，就走到你跟前来了。让我来帮助你建这座房子吧，这样我就可以补偿上次我捣乱给你造成的损失。如果你愿意的话，我还可以保护你，看守你的屋子。"

他们马上开始重建这座房子。它又一切恢复原状，只有那只黑猫不见了，再也没有回来。也许是因为这只小狗在看守这座房子的缘故吧！不过耶尔珈一直在等待它。她把那只金蛋放在她小屋的顶上，好叫猫儿能够看见它，在它心血来潮的时候，又回到她这儿来。

（叶君健／译）

埃·贝洛奇，南斯拉夫作家，生卒不详。童话《奇异的方块块》是被翻译到中国的、为数不多的南斯拉夫童话名篇之一。作者以新奇的想象、欢快的节奏普了一曲有关小方块房子的歌。

老房子三号

〔南斯拉夫〕爱娜·贝洛奇

我们的城市变得非常漂亮了。马路都修补了，也开辟了许多公园，在这些公园里安放了许多凳子，还设有一些秋千架。许多新的房子也修建起来了，老的房子也油漆一新了。至于那些太老的房子，人们则决定拆除掉。

在一条叫作"黄色街"的街上有一幢房子非常老，所有那里的住户搬走已经有一年了。这幢房子现在是空空的，一点儿声音也没有。它看上去像是被封闭了，再也不会有人搬进去住了。但有些孩子却跑到那里去瞧了一下。

"怎样拆掉它呢？"罗茜妮问。

"第一步从屋顶开始。把那些瓦堆在院子里，留待以后再用——那时人们将会再建一座新房子。"维克多解释道。

"我们进去瞧瞧，看里面有些什么东西！"波布说。他们于是便都拥进屋里，拥进楼梯间。他们跑进一些房间里，大声叫喊。他们所能听到的只是那些空洞的房间所发出的回音。在厨房里，罗茜妮发现了一只白猫。它在眨着眼睛，伸着懒腰。

"只有你住在这里吗？"大家问它。

"喵。"它回答说。

"那么你就算是我们的猫了！"罗茜妮说。

这只猫又喵喵地叫了几声。

但是在市政厅里，工人们接到了这样一条指示："到黄色街去把那里的三号老房子拆除掉。"

工人们坐着卡车出发了。他们穿过了五个十字路口，然后向左拐。黄色街上来往的汽车不多。钻进那幢老房子的孩子们都跑到窗边来。卡车在三号门口停下了。工人们抬起头来向这座房子瞧了瞧，不知道怎么办才好。他们喊："这不是要拆除的那幢房子嘛！它里面住满了孩子呀！"

他们于是离开了。他们在城里各处去找另一条黄色街和另一座三号房子。但他们什么也没有找到。

在厨房里，孩子们围着那只猫坐下来。他们要做一些计划。在回到自己家里去吃早饭以前，他们都答应午后一定要在这儿集合。这座老房子现在已经是属于他们的了。他们将要在这里过有趣的生活！

瞧他们是怎样安排这幢房子的。他们从自己家的地窖和储藏室里带来了一些旧木匣子，然后把这些木匣子改装成为桌子、椅子和小柜。每人都有一个小柜子，里面摆设着他们自己心爱的一些东西：金纸和银纸啦，玻璃球啦，从杂志上剪下来的一些彩色画啦，一些有趣的书啦，小镜子啦，颜料管啦，一把锤子啦，弹弓啦，等等。

孩子们用彩色纸剪出一些揩嘴用的餐巾。他们还用罐头瓶子做出一些漂亮的花瓶。他们还从家里搬来一些花钵子，摆在窗台上。这座房子现在又变得年轻了。

但是市政厅又把工人们喊去，向他们传达了关于这个城市的计划，说："就在今天，黄色街上的那座三号房得拆除掉！"

工人们在那个三号房前经过了好几次。每次他们都停下来，自言自语道："这并不是一座老房子呀。它里面住着人。每个窗台上还放着花！"

他们又离去了。他们整天寻找另一条黄色街和另一座三号房子，但是毫无结果。

孩子们把院子也布置了一下。他们在这里种了欧芹菜、胡萝卜、白萝卜和草莓。他们还给这个院子修了一个篱笆。接着他们在大门上张贴了一张住户名单。

孩子的父母现在发现，要劝说孩子每晚回到家里，回到自己床上去睡觉，倒成了一件相当困难的事了。那只白猫已经对孩子们宣誓，要效忠于他们。白猫每天夜里迈开它那天鹅绒般柔软的步子，在这幢房子的周围巡逻。它什么人也不让进屋。

有一天，天气变得冷起来了。罗茜妮在炉子里生起火，给大家煮可可吃。十个孩子围着一张大桌子坐下来。这儿确实很舒服，很温暖。

载着工人们的卡车又在这座房子前停下了。孩子们跑到窗口，喊："叔叔们好！叔叔们好！"

工人们也回答说："你们好！"接着其中的一个孩子波布走下楼来了。他和工人们交涉，问他们是否可以运点白沙子来，把院子里的那些小径铺上沙子。

"当然可以，我们会运一些来。"工人们表示同意，接着就离开了，他们说："这是我们第三次被派来拆除黄色街三号的房子！不过这并不是一座老房子呀。每次它总显得更年轻。它的烟囱甚至还在冒烟。这里住满了孩子，院子也料理得很好，而且门槛上还蹲着一只漂亮的白猫。"

他们回到市政厅来。他们报告说："黄色街的整条街上只有那座三号房子最可爱。"这样，市长只好再研究一下那张有关要拆除的老房子的名单，把三号房从名单上划掉了。

（叶君健／译）

爱娜·贝洛奇，南斯拉夫作家，生卒不详。童话《老房子三号》是其被翻译到中国的童话名篇。作者以细腻而活泼的笔触描写了一群小朋友以他们的童真装点而保护了一座老房子的故事。读后让人倍感温情。